国王陛下をたぶらかすつもりが（処女バレして）てのひらで転がされました。

永谷圓さくら

Illustrator
成瀬山吹

ジュエル文庫

Contents

※本作品の内容はすべてフィクションです。
実在の人物・団体・事件などには一切関係ありません。

「……ど、して」

「うん。すまないね」

閉じられた空間に熱が篭《こ》もったままで、ニコラは息苦しいと口を開ける。はふはふと、溺れるように息をして、楽しそうに笑うイリアスを睨《にら》み付けた。

とろりと、甘くて重たい香り。身体を重ねるのは嫌いではない。イリアスに抱かれるのは好きだ。だけど、自分が溶けだしてしまったのではないかと不安になるぐらい、身体中がぴりぴりと感じている。

「……も、むり、って、なんども、なんどもなんどもっ」

けほけほと、必死で渾身《こんしん》の訴えをしていたら、ニコラは噎《む》せた。

でも、言わずにはいられない。訴えずにはいられない。どれだけ好きな人だとしても、これだけは詰《なじ》っておきたいとニコラは顔を顰《ひそ》めた。

快楽も過ぎれば拷問《ごうもん》と変わりがない。そう、何度も言っているというのに、この目の前にいる男は悪びれない。素直に謝罪の言葉を口にするくせに、物凄く幸せそうに笑うから胡散《うさん》臭いとか思ってしまう。

「ああ。そんなに無理をして声を出すことはないよ」

「ううううう……」

魔の世界と人の世界の長い戦い。その戦いが終わり、平和の象徴として、魔の世界の王の娘であるニコラは人の世界に来た。

人の世界の王と結婚する。長く続いた戦いを終わらせた人の世界の王。目の前でにこにこと笑うイリアスに嫁いだ。

それは、もう、色々とあった。ほぼニコラの勘違いだったけど、それでも紆余曲折《うよきょくせつ》あってドラマチックに感動的で運命的な結婚だと思っている。

好きになってもいい。ずっと一緒にいられる。それだけで嬉しいと思えるほど、ニコラはイリアスを愛していた。

だが、それとコレとは話が違う。

「いりあす、の、ばか」

「そうだね。私のニコラが可愛くて、どうにも加減ができない」

「もうっ、そういうの、ずるいっ」

何度でも思うけど、快楽は過ぎれば拷問と変わりがなかった。

目が腫《は》れるまで泣いて、声が掠《かす》れるまで叫ぶ。身体の全部がひりひりして、舌だって吸われ過ぎて呂律《ろれつ》が回らない。腰が立たなくて膝が笑うのは当たり前で、上半身を起こして座ることすらできないのは駄目だった。

「……のど、いたいから」

「うん。ホットオレンジが気に入っていたね。蜂蜜を多めに入れようか」

今は身体が熱いし、頭がぽやぽやとろとろしているので、恨み言しか出てこない。でも、全てが終わって、身体の熱が引いて、頭が冷静になってから考えると不思議だった。

ニコラはイリアスしか知らないけど、それなりに性の知識はある。知識だけで経験がなかったけど、無駄に知識だけはある。

なので、痛みに快楽を感じるだとか、痛くして快楽を感じるだとか、被虐だとか加虐だとかエスエムだとかも知っていた。

その、どれにも当て嵌《は》まらないのに、これだけ身体が辛《つら》くなるものだろうか。

たぶんだけど。本当は解《わか》らないからたぶんだけど。たぶん、イリアスとのアレは普通の範囲内でおこなわれている。ちょっと時間が長くて、かなり執拗で、しつっこくてねちっこいだけな気がする。

今度、誰かに聞いてみようと、ニコラは密かに思っていた。

「……からだ、ぺたぺた、する」

「うん。私が綺麗にしてあげよう。温かい濡れタオルに花の香りがいいかな」

別にイリアスとするのは嫌いじゃない。

夫婦の間に夜の営みがないのは駄目だと解っている。大勢いる姉達に教えられたし、大勢いる兄達は苦笑して頷《うなず》いていた。

イリアスと抱き合うのは気持ちいい。痛くはない。嫌いじゃないし、好きだと思う。

どうして、一回じゃ駄目なのだろうか。じっとりとした視線をイリアスに向けて、ニコラは口を開く。

「……こもりうた、うたって」

わがままを、言いたかった。

こうして抱き潰されて、まだ全身に余韻が残っているときに、いっぱいわがままを言いたくなる。

イリアスが嬉しそうに全てを叶えてくれるから、ニコラは辛くても幸せだった。

馬鹿だって解っている。本当に辛いのならば、抱き合う前に言えばいい。一緒のベッドに入らなければいい。今日は嫌だと断ればいい。それをしないのは、終わった後に恐ろしく甘やかされるからだろう。

「うん……うん？　こ、子守唄？」

「……そ、こもりうた」

閉じられたベッドの上に残る淫靡《いんび》な空気。重く甘い幸せな疲れ。いつもとは違うイリアスの焦った声に、溶けそうに怠《だる》いニコラは気付けなかった。

他意はない。困った声で何度も歌うのかと聞いてくるイリアスに、ニコラはゆっくり頷く。

くたくたで、ぽやぽやで、てろてろなニコラはイリアスの声が好きだから、不思議な子守唄を聴きながら目を閉じた。

調子っぱずれで歪《いびつ》な不協和音の子守唄は、魔の世界の子守唄とは違う。人の世界の子守唄というのは不思議な音をしていると、ニコラは幸せを感じながら眠りに落ちた。

後日、頭の片隅に残っていたイリアスの子守唄を鼻歌で歌って大笑いされることになるが、ニコラは嬉しそうに頬を染めることになる。もちろん、もう一回歌ってとニコラに言われて、イリアスは盛大に困ることになる。

しかも、この調子っぱずれで歪な不協和音の子守唄が、城下町でまで流行《はや》ることになるのだが、そのことをこのときはまだ誰も知らない。

プロローグ

世界は広く、一つではない。

獣の住む世界に、妖精の住む世界。魔の世界や、竜の世界に、人の世界。

世界が違えば何もかもが、違う。姿形が違うのは、見て解る。言語が違うのは、話せば解る。触れられる場所にいても触れたくないほどに、何もかもが違った。

どちらから見ても、互いに異形のモノだろう。

美醜ではなく、嫌悪でもなく、違和感。何かが間違っていると、そう思う心がじりじりと腐り落ちた。

同じ姿形をしていても、些細《ささい》な理由で喧嘩《けんか》が始まる。

同じ言葉を話していても、くだらない理由で諍《いさか》いが始まる。

同じ物を食べ、同じように生き、同じ世界にいても戦うのだ。

違う世界のモノ同士が戦うのは当たり前だと言えた。

「魔の世界との平和協定か……本当に信用していいものだろうか……」

「これ以上の犠牲は出せないだろう……信用するしかあるまい」

人の世界と、魔の世界。

二つの世界の狭間で戦いが続いているのを、誰もが知っている。

苛烈《かれつ》な戦いだった。無慈悲な戦いだった。凄惨な戦いに加勢しようにも、人の世界の端で起こった戦いでは悔しいぐらいに遠い。

人の世界の端に要《かなめ》となる城を置こうと言ったのは誰だったのか。こんなことになるなんて、誰も思いはしなかった。

城には大事な王がいるからと、焦るばかりでも手は届かない。

遠かった。蜃気楼《しんきろう》の方が現実的なほど果てしなく、遙か彼方。戦いが始まったのを知ったのは、どれだけの犠牲が出た後だっただろう。情報を伝達する手段は少なく、現状を知る術《すべ》がなかった。

「……魔の世界から人質がきて、この戦いは終わりか？」

「……和平の証……魔の世界の王の娘が生贄《いけにえ》ということか……」

「……表向きは結婚ですよ。婚姻関係を結ぶことになります」

人の世界の端で始まった戦いは、ひっそりと終わりを迎えようとしている。

屈したわけではない。

諦めたわけでもない。

戦いを始めた理由を忘れたからでもない。

怒りから憎しみに変わり、憎しみから悲しみに変わり、虚《むな》しさに呆然となったからだろうか。

しかし、終わるときというのは、こんなものなのだろう。

きっと、始まったときだって、こんな感じだったに違いなかった。

「……人質を出させた我々の勝ちだが……そうとも言っておられんだろうな」

「……結婚ですよ……人質じゃありません……」

人の世界の城で、いくつかの影が話をする。人の世界を動かす者達は、疲れたように溜め息を吐いた。

今、戦いが終わろうとしていることを、全ての人まではまだ知らない。世界の端から端まで伝わるには、まだまだ時間がかかる。

多くの犠牲は出たが、要の城は落とされていない。

戦いを導き、人の世界を守り切った王も、どこも欠けることなく王座に座っていた。

「……大体にして、人質とも呼べんだろう」

「……だから結婚だって言ってるじゃないですか……確かに、どうかと思いますけど」

人の世界の王は、王座に座ったまま口を一度も開かず遠くを見る。

戦いの終わりを喜んでいるのか。それとも憂いているのか。今までの戦いについての会議では先頭に立ち、皆を導いてくれたのに、今は視線すら誰にも寄越さない。

人の世界の完全な勝利ではないから、仕方がないことだからと、苦々しく思っているようにも見えた。

確かに、戦いは終わった。終わった証拠に、人の世界と魔の世界は、婚姻を結ぶ。

魔の世界から人の世界に嫁いでくるのは、魔王の娘。人の世界の王と結婚する。

だが、魔王の娘は、上から数えて七十二人目らしい。一番末の娘で、大事に大事に可愛がられているというが、七十二人目では人質としての利用価値は低いだろう。

それでも、これ以上の戦いは無駄だ。

何も得るものはない。何かを失うだけだ。この機会を逃せば、後どれだけの犠牲が出るかも解らなかった。

「………だが、これで戦いは終わる」

「……魔の世界から人質を受け入れ、そして終わる」

今までは、戦いの会議をおこなっていた部屋に、重い空気が張り詰める。どんな戦況でも、ここまで重い空気になったことはない。

その、ずっしりと重い空気を作り出していた人の世界の王は、見せつけるような大袈裟な溜め息を吐いた。

　びくりと、年若い臣下が身体を跳ねさせる。長年人の世界を見てきた重鎮の臣下は、溜め息に溜め息を返す。

「……そ、そうですよ！　王の結婚ですから！　めでたいことです！」

「……そうじゃな。そろそろお主も身を固めるといい」

　人の世界と魔の世界の戦いを終わらせるため、婚姻を結ぶことは決まっていた。

　要望ではなく、確定。願いではなく、強制。これは決められたことであり、確実におこなわれなければならない。

「却下」

　それを解っているはずなのに、人の世界の王は静かな声を今日初めて出した。

　大きな声ではないのに、遠くまで届く声。従わなければならないような、脳に響く声。戦いの時には頼もしいはずの声は、不機嫌そうに重く地を這う。

「……だから却下が却下なんですってっ！」

「破却する」

「……破却できんと知っておろうに……いい加減、覚悟を決めい」

　若い臣下は泣きそうな声を出し、長老と呼ばれる重鎮の臣下は溜め息を吐いた。

　人の世界の王は、とても頼れる実力者だ。皆が憧れ崇拝し、敬意と畏怖《いふ》を感じて盲信していた。魔の世界との戦いを終わらせた王の功績は誰もが認め、我らが王と崇《あが》め奉るに違いない。

しかし、最後の最後。最後も最後で、人の世界の王は、魔の世界からの花嫁を受け入れようとしなかった。

まさか、こんなところに落とし穴があるとは思わなかった。誰も、こんなところに巨大な落とし穴があるとは思っていなかっただろう。

「私でなくともいいのではないかな？　家臣に褒美《ほうび》として結婚させればいい」

「……ほんとっマジでっもう決定なんですっ、明日ですよっ、明日なんですよっっ、もうっ、アレでいいですよっ、お試しでっっ‼」

人の世界の王は、慕われ尊敬されている。戦いでは、王がいるだけで士気が上がる。若い臣下も、王への憧れだけで直臣にまで上り詰めたクチなので解る。

だからこそ、人の世界を統《す》べる王が、魔の世界から来る者と結婚しなければならなかった。

そうでなければ、意味がない。戦いを終わらせた王が、戦いが終わった証を手に入れなければならない。

「……礼服だってコッチが選んでっ、ああ、そうだ！　髪も揃えますからねっ！　今度、逃げ出すようなことがあれば一個小隊で囲みますからっっ‼」

人の世界の端で、長い長い戦いがあった。
ただ長いだけの戦いは、ようやく終わる。

第一章　魔の世界からの花嫁に企みアリ

魔の世界に身を置くものは、極端な容姿をしているらしい。

一目見ただけで心を奪われるほどに美しいか、網膜に焼きつくほどに醜いという。人の形をしているものも、獣の形をしているものも、全てが美しいか醜いと言われている。それを呪いだと言ったのは誰だったのか。それとも書物だっただろうか。

深紅の竜が御す竜車から降りて、初めて人の世界というものを見渡した。

ニコラ＝ニュクス。

魔の世界の王の娘。七十二番目の末の娘は、ゆったりと手を引かれて竜車から降りる。

あからさまな視線が突き刺さり、ニコラは少しだけ口角を上げた。

「美しい。あれが、人の世界の王に嫁ぐ娘か」「人の世界に降りてもいいのだろうか」「ほら、あんなにも美しい娘なのに、手を引くのは髑髏《どくろ》だ」「なんて退廃的な。一枚の絵画のようだ」

聞き飽きた賞賛の言葉に混じるのは、人の世界と魔の世界の違いについてだ。

竜が珍しいのか。髑髏が珍しいのか。

それとも、自分のことが珍しいのかと、ニコラは周りに向かって笑みを見せた。

豊かな黒髪は重く、真っ直ぐに伸び、腰に届くほどにある。陶磁のように、嫋《たお》やかで美しい白い肌。紫水晶のように、煌《きら》めく瞳。

遠巻きに見ている者達が息を飲む音すら聞こえてきそうで、ニコラはここも退屈そうだと視線を外した。

「…………」

「ニコラ」

「……なぁに？」

竜車から、続いて降りてくるのは、ニコラのお付きだ。

真っ黒な獣。高貴な、黒猫。

名は、ティフォン。

艶やかな毛並みは漆黒で、他の色は混じらない。瞳は深い海の底のような青緑で、音を立てずに優美に歩く姿は冷たく見える。ニコラの父である魔の世界の王よりも長く生きている。

「豹、だろうか。それとも、人の世界には存在しない獣だろうか」「四つん這いのままなのに、花嫁の腰の辺りまでの大きさというのは恐ろしい」

人の世界の者達のざわめく声が聞こえた。

元々、遠巻きに見ていた者達が一歩下がったような気がしたら、ごぉっと凄い風が吹いた。

「ちゃんと解っているだろうね？」

「……解ってる」

きっと、こちらの声は聞こえないだろう。翼竜で人の世界に降りたせいで、城のバルコニーに立つニコラは、初めて全身を風に嬲《なぶ》られた。

びゅおうと、耳が痛くなるような音。

ニコラの黒いドレスを揺らす風は、かなり強くなってきている。

「いいかい？　君は、人の世界の王の妻になるのだからね」

「……何度も聞いたって」

お気に入りのドレスなのにと、ニコラは心の中で溜め息を吐いた。

繊細な細い黒糸で紡がれたドレスは、全てがレースでできている。綺麗な透かし模様が、ニコラの白い肌を覗かせるところが気に入っている。

大きな胸を強調し、くびれたウエストから腰のラインを見せるドレスなのに、風で裾が舞うのが気に入らなかった。

「君を甘やかす魔王はいないから、肝に銘じておきなさい」

「……うるさいなぁ……なんでティフォンがお付きなのかなぁ」

ニコラは足下にいるティフォンを睨み付ける。

涼しい顔をして周りを窺っているティフォンは、じっと動かないからニコラも動けないでいた。

迎えは、まだなのだろうか。いつまで、ここにいればいいのだろうか。遠巻きに見ている者達は、ざわざわと話をしているけど行き先を示してはくれない。

ふと、今までとは違う風が吹いて、ニコラは視線だけを動かす。翼竜が飛び立った風だと解って、これで魔の世界には帰れないのだと知った。

「君のお付きが僕以外に務まるはずがないだろう？　誰も彼もが君に甘いのだから」

「……甘くないし……そんなに言うほどじゃないと思うし」

ティフォンがお付きで、本当は文句なんてない。ただ、小言というか、説教というか、とにかく話が長くなるから素直になれない。

でも、こんな人の世界の者達がいる所で唇を尖らせる訳にはいかないから、ニコラは少しだけ顔を歪《ゆが》めた。

「……ねぇ？　遅くない？」

「すぐに迎えがくるよ」

「……そう」

風に乗って、ざわめく声が聞こえてくる。

「綺麗だが、恐ろしい。妖艶だが、引き込まれそうだ」「ああ、人の世界の王は大丈夫なのだろうか。あんなに美しい花嫁なんて聞いてない。魅了されて、誑《たぶら》かされて、落とされてしまうのではないか」

人の世界と魔の世界の、長い長い戦いは終わった。その証として、ニコラは人の世界に嫁いできた。

ざわざわと、不安そうな声が耳障《みみざわ》りだ。

考えたいことがあるのに、意識が集中できない。

「ほら、ニコラ。迎えが来たようだよ」

「……え？」

バタバタと、物凄い勢いで走ってくる人に、ニコラは首を傾げた。

遠巻きにしてざわめく者達と、必死に走ってくる者の温度差に驚く。ざわめく者達は動こうとしないのに、走って来る者は怒った気配を隠しもしない。

「申し訳ありませんっっ‼」

「…………だ、大丈夫よ？」

「ほっ、本来ならば、お着きになられた時に歓迎の楽器が鳴るはずだったのですが‼」

叫びながらペコペコと頭を下げる者に、ニコラとティフォンは目を合わせてしまった。

それは、焦りもするだろう。到着したのに、なんの音も鳴ってなければ周りの者達は到着したことに気づかないはずだ。なのに、魔の世界から来たものが待ちぼうけしているのだから、怒らせていないかと慌てもするだろう。

「お部屋の用意もできておりますっ！　さぁ、こちらへ！」

年若く見える者は、冷や汗を拭きながらニコラに道を示した。

ニコラ＝ニュクスは、魔の世界の王である父の末娘だった。

上の兄姉とは歳が離れている。周りは皆、ニコラを可愛いと愛《め》でていたので、甘やかされていたと自分でも解っていた。

綺麗な宝石。貴重な糸で作られたドレス。珍しい食べ物に、優しく撫でる手。

大事に大事にされていたと思うけど、それを物足りないと思ったのはいつだったか覚えていなかった。

可愛がられるだけで、返すことができない。ただ笑って礼を言えばいいと言われても、心の中で何もできないのだと不安になった。

だって、ニコラが産まれた時には、もう魔の世界は人の世界と戦っていた。

誰もニコラには教えてくれないけど、陰惨な戦いだったらしい。いくつもの部隊が倒され、いくつもの城が壊され、いくつもの悲鳴が轟いたという。

ニコラは絶対に危害の及ばない安全な城の中で、ただ優しく可愛がられていた。

『自分が安全ならばいいのではないか。贅沢が溢れる平和な空間にいるのだから、何も考えずに享受すればいい。可愛らしく笑って、愛でられて喜び、はにかみながらわがままを言えばいい』

誰にそう言われたのか、もう忘れてしまった。

今ならば、嫌みだと解るのに、誰が言ったのか忘れてしまった。

でも、ただ可愛がられるだけの存在になりたいわけじゃない。可愛がられるよりは、頼りにされたいと思う。

どうすればいいのか。どうしようもない。ソレを望まれていないと、ニコラは解っていた。

だから、安全な城の中で、喧嘩腰の声が響いた時に少し嬉しくなった。

皆、ニコラが笑えば喧嘩を終える。唇を尖《とが》らせ、眉を寄せ、どうして仲直りできないのかとわがままを言えば喧嘩を止めてくれた。

それぐらいしかできない。それだけでも、できるのならいい。

理由なんて知らないけど、自分が誰かの役に立つのは嬉しいから、いつものようにニコラは騒がしい場所に足を踏み入れた。

ほんの少しだけ開けられている扉。中を覗けば、父と兄姉が言い争っている。

戦いの道具にするのか。あの可愛い子が務まるはずがない。もしも、酷《ひど》い目に遭ったらどうするつもりなのか。

なんの話だろう。誰の話だろう。ひょこりと、ニコラが皆の前に顔を出せば、ぴたりと会話が止まる。

皆の視線が集まって、なんの喧嘩だったのか、初めて不思議に思った。

『人の世界の王に嫁いで欲しい……………お前にしかできないことなんだよ』

魔王の言葉で、喧嘩の意味を知る。

戦いの道具なのか。務められないのか。酷い目に遭うのか。

魔の世界と人の世界の戦いは終わったのかと、ニコラは皆に見つめられながら首を傾げる。それとも終わっていなくてニコラにその役目が来たのかと、視線があまりに痛くて聞けそうになかった。

戦いが終わり、平和の約束のために人の世界に嫁ぐ。

戦いが終わっていなくて、何かのために人の世界に嫁ぐ。

『……しかたないなぁ。いいよ。わたしが行ってあげる』

どちらなのか解らなくても、皆のためになるのなら嬉しいと、ニコラは晴れやかに笑った。

皆が息を飲む。姉は目に涙を溜める。兄は拳を握り唇を噛み締めていた。魔王は困ったように笑い、ニコラの頭をいつものように撫でた。

そんなに心配しなくても大丈夫だと思う。

誰かに嫁ぐことになるのは解っていたから、別に悲観していない。ニコラが産まれた時から戦いがあったから、魔の世界ですら詳しく知らないから、人の世界は楽しみだ。

でも、平和の約束でなく、何か理由があるなら教えて欲しかった。

人の世界の王を、どうすればいいのだろうか。取り入ればいいのか、魅了すればいいのか、何か探っておけばいいのだろうか。

それとも、殺せばいいのか。

大人しくしていればいいのか、密やかに動けばいいのかも解らなくて、ニコラは少しだけ不満に思いながら人の世界に降りた。

「……変なドレス」

「そんなことはないだろう？　とても似合っているよ」

漆黒と深い海の底の色を持つ獣、ティフォン。ティフォンはニコラが産まれた時から傍にいる。

『この子には僕が付き添おう。それが理《ことわり》というものだ』

今の魔王が産まれる前から生きているティフォンの言葉に、兄姉は喜んだ。ニコラが産まれた時から一緒にいるティフォンが傍にいてくれるのなら安心だ。

ずっと、べったりと一緒ではなく、ティフォンは気まぐれだ。ふらりと、どこかに行ったと思えば気付くとニコラの傍にいる。

もちろん、不満なんてない。ずっと一緒なら不満も湧き上がっただろうけど、ティフォンは距離の取り方が凄く上手かった。

でも、本当にどうしてティフォンがついてきたのだろうか。ティフォンはニコラの傍にいるが、役割の名前は決められない。

従者でもあり、保護者でもあり、お付きでもあり、乳母でもあった。

乳母だと言えば、ティフォンは恐ろしく怒る。男が乳母と呼ばれて嬉しがるわけがないだろうと、牙《きば》を剝《む》かれてしまう。

すぐに何時間にもわたる説教が始まるんだと、ニコラは思い出したくないことを思い出してしまった。

そう。そんなことは、どうでもいい。ティフォンの説教が長いとか、そういうことじゃない。

ただ、説教の長いティフォンに、真相を聞くのが躊躇《ためら》われた。

ニコラにも、意地と矜持《きょうじ》というものがある。

魔王から承った指令の意味を聞くことなど、ちょっとできそうにない。『人の世界の王に嫁げ』という言葉から、本当の意味すら読めないのかと言われたくない。

「だって、窮屈だし……」

「まぁ、君の美しい肌が隠されているのはどうかと思うけどね」

首まで覆うドレスは真っ白で、よく見れば銀の刺繍で複雑な模様が描かれていた。綺麗な生地だとは思うけど、やぼったい感じがする。魔の世界では、己の身体が一番なので、ドレスというのは己の身体を引き立てるためのものだ。

なのに、二の腕までは細いのに、肘あたりから広がる袖は手すら隠す。左の肩から右の腰に巻いてある布は、身体のラインを隠してしまう。首の詰まったドレスなんて着たことはなくて、背にあるリボンで締め付ける意味も解らない。

身体のラインに合ったドレスを仕立てられなかったのか。確かに、背で締めるドレスならば、多少のサイズ違いも問題ないだろう。

「こんなゴテゴテ飾らなくたっていいのにねぇ」

「重たそうだな。大丈夫かい？」

頭に耳に首に手首に指に腰に足に、金属と宝石がぶら下がっていた。

魔の世界では、あまり良質な宝石が取れない。色々な世界から取り寄せているから貴重な物だというのは解る。実際に、美しく見事な宝石を手に入れたからという理由で、パーティーが開かれることもあるらしい。

でも、これはないだろう。コレは、ない。

ヒールのある靴を履いているが、コレでは転びそうだと、ニコラは溜め息を吐いた。

「……くれるというなら、もらってもいいけど」

「一財産になりそうだな」

「……お姉様が喜びそうじゃない？」

産まれた時から可愛い可愛いと可愛がられていたニコラには、物欲というものがない。

だって、望まなくとも手に入る。欲しいものは与えられるのが当たり前だから、高価で貴重な宝石にも心を動かされない。

指先で、つるりとした宝石を撫でていると、控えめなノックの音が聞こえてきた。

「お時間になります」

「ご案内致します。どうぞ、こちらへ」

目を合わせようとしない使用人の後について部屋を出る。

長い廊下に赤い絨毯《じゅうたん》。壁には絵画や肖像画がかけられ、趣味の悪い花瓶や壺がある。

天井は高く、時折丸く抜けて陽の光を入れていた。

あれは、いつか本で見た、ステンドグラスだ。

キラキラと光る万華鏡のように美しく、欲しくはないけど見てみたくて強請《ねだ》ったことを思い出す。

でも、駄目だと言われた。魔の世界に太陽は上らないから、これは人の世界でないと意味がないと言われて、少し頬を膨らませた覚えがある。

この廊下にある全ての窓をステンドグラスにすればいいのに。きっと、キラキラと美しく空気を彩るだろう。

それならば、人の世界を少しは好きになれそうな気がする。太陽の明かりは眩しくて、世界が輝いて見えるから、ニコラは小さく笑った。

たとえ、何が目的だとしても、太陽は嫌いじゃない。

魔の世界と人の世界の戦いが終わり、平和の約束のために嫁いで来たのなら、この太陽を愛でればいい。

魔の世界と人の世界の戦いが終わってなくて、何かのためにここに来たのかもしれないけど、傲慢なほど強い光は嫌いじゃない。

「……ニコラ」

「……なぁに？」

「君、挨拶は覚えているだろうね？」

考え事をしているとパーティーをおこなう部屋に着いたのか、ざわざわと騒がしい音が聞こえてきた。

どんな理由で人の世界に来たのか解らない。

解らないのなら、どちらでもいいようにするしかない。

だって、ティフォンには聞けないだろう。聞きたくないというか、聞けないというか。もしかしたらティフォンだって知らないかもしれない。いや、きっとティフォンは知っている。知らないことはないはずだ。

でも、もう、魔の世界に帰ることもできないのだからと、ニコラは背を伸ばして騒がしい部屋に足を踏み入れた。

「これは、これはっ！」

「……魔の世界からの花嫁、ね」

「美しいですな！」

歓声が耳に痛い。賞賛は当たり前だけど、妬《ねた》みの声もある。でも、思ったより人が少ない気がして、眉を寄せる前に微笑みを浮かべた。

ゆっくりと長い髪を靡《なび》かせ、自分のために空けられた道を美しく見えるように歩く。すぐ傍にはティフォンがいて、何も怖いものはない。

初めて来た、人の世界。

だけど、いつもと同じだから、随分と前にある王座に向かっていった。

「素晴らしい花嫁が来たな！」

「……ちょっと色気があり過ぎじゃないのかい？」

「いいじゃないか！　王にはちと若過ぎかもしれんがな！」

パーティーは初めてじゃない。見世物になるのは慣れている。可愛がられ、褒められ、見られることは、ニコラにとって当たり前になっていた。

退屈なぐらい、どうでもいい。賞賛は当然で、喝采《かっさい》は耳障りなだけで、羨望《せんぼう》の眼差しは何度も見た。

兄姉なら、嬉しい。両親なら、嬉しい。でも、他の者に何を言われても、どうでも良かった。

「…………ティフォン」

「……いつも通りでいいさ」

ニコラは自分の魅力を見せつけるように歩いていると、王座に座る人の輪郭がはっきりしてきた。

また、凄い。やぼったい服だ。むしろ、服が歩いてるような気がする。人の世界のファッションはどうなっているのか。ニコラは心の中で溜め息を吐いた。

確か誰かが持ち込んだ雑誌にあった、オリエンタルとかいうヤツだろう。

首の詰まった襟。何枚着込んでいるのか、見えるだけで三枚は着込んでいる。一番上の服はゆったりと足首まで覆う長さで、身体のラインが解らない。しかも、派手な刺繍に目《め》眩《まい》すら感じた。

竜ではなく、龍。羽根もない蛇のような身体を持つ龍が、煌びやかに刺繍されている。花はなんと言ったか。毒々しい赤い色をしている。

もう、なんか、凄い。

コレを着せられなかっただけでもいいと思わないといけない服に、ニコラの微笑みが崩れそうになった。

あまり、気が乗らない。これを、誘惑するのか、魅了するのか。平和のための約束でも、戦いのための布石だとしても。この、人の世界の王に取り入った方がいいと解っているけど、気が乗らない。

でも、どちらだとしてもすぐに動けるように、ある程度の近さは必要だろう。

「魔の世界からの花嫁が到着致しましたっ‼」

王座まで、あと五歩というところで、目の前に座っていた男が立ち上がった。

柔らかい笑み。目を細め、口角が持ち上がっている。子供っぽい顔つきをしているけど、恐ろしく大きい。首は太く、肩は広く、目を合わせようとするとニコラの首が痛くなった。

背が高いと言われている自分と比べても、頭一つは大きいだろうか。優しく微笑む顔は気が抜けるのに、身体の大きさのせいで威圧感を覚える。

しかも、髪型がいけなかった。

なんだろうか。ざんばらだった髪を無理矢理整えたような感じがある。耳の下辺りで切り揃えてあるけど、応急処置感が拭えない。正面から見れば短い髪なのかと思えば、後ろで同じ色の髪が踊っているから長いと解る。

さらりとした薄い茶色の髪。深い緑色の目。幼く見える優しい笑み。大きく厚みのある身体に、首が痛くなるぐらいに高い背。こちらの目がチカチカするような服。

どうしよう。駄目だ。何一つ好みなところがない。

「………」

「遠い世界から、ようこそ」

あからさまな溜め息を零《こぼ》しそうになったニコラの耳に、人の世界の王の声が届いた。

脳が、揺れる。足の指に、力を入れる。ざわりと、背筋に悪寒が走って、ニコラは思わずティフォンを見た。

なんだろう、今のは。声に魅了する力があるのか。でも、人にそんな能力はないはずだ。

ティフォンを見ても、深い海の底のような色は変わらない。青い緑色は落ち着いていて、勘違いなのかとニコラは前を向く。

「……お招き、ありがとうございます。魔の世界の王の娘。ニコラ＝ニュクスです」

「私は人の世界の王。イリアス。無骨者ゆえ、無礼があるかもしれない」

にこにこと笑うイリアスに、ニコラは勘違いだったのだと胸を撫で下ろした。

しかし、どうしよう。どうにもできそうにない。この人に、この野暮《やぼ》ったい人に、近付かなければならないのか。

だけど、魔王が言った。これは魔の世界の王が、ニコラの父が、命じたことだ。

「これより無礼講！　好きに騒げ！」

声を張り上げているわけではない。叫んでいるのでもない。よく通る低い声だけは、なんとなく好きになれそうだと、ニコラは思い込むことにした。

第二章　いきなり夜這い！　逆に手籠めに!?

　人の世界で宛てがわれた部屋は、どこかよそよそしい。

　魔の世界での自分の部屋と同じぐらいか。だけど、暖炉とソファとテーブルのセットが目立つだけで、ニコラの物がないから自分の部屋とは呼べない。

　当たり前だろう。今日、初めて泊まる部屋なのだから、客室と同じだった。

　ぼんやりと、部屋を見渡す。

　このソファは悪くない。テーブルの上には飲み物が置いてあって、一口飲んだけど好きな味ではないから放置している。

「いいかい？　人の世界では婚姻関係を結ぶ時に結婚式をおこなう」

「はいはいはい」

「はい、は一回。結婚式が済むまでは、まだ君は魔の世界のものだ。魔王の娘。それを忘れないように」

　自分をお披露目するパーティーとやらは、本当に退屈だった。

ずっと笑っていたから、顔の筋肉が引き攣《つ》っていたような気がする。大勢の人に挨拶をして、大勢の人に笑顔を振りまいて、食事を取る暇もなかった。

魔の世界では、過保護な兄姉にまだ早いと言われて飲めなかった酒が飲めるかと思ったのに、真下に控えていたティフォンのせいで飲めなかった。

「色々と用意があるからね。まだ、少し時間があるだろう。僕も人の世界の結婚式は見たことがないからな」

「ふぅん」

「ふぅん、じゃないよ？　ちゃんと聞いているかい？」

人の世界の王は、最初だけニコラの傍にいたけど、すぐに離れていったように思う。あれだけの体軀《たいく》だ。威圧感が凄いから、近くにいられると嫌でも解る。たぶん、ニコラがちょこちょこと離れていこうとしたのが解ったのだろう。

だって、仕方がないじゃないか。ニコラの周りには、あんなに威圧感と圧迫感を出す者はいなかった。

「これから大事なことを言う」

「へぇ」

「へぇ、と言っている場合じゃないんだよ？　大事なことだから、きちんと聞きなさい」

怖いわけじゃない。怖くない。威圧感が凄いのと、圧迫感があるのと、好きなタイプじゃないから離れただけだ。

そう。怖いのではない。怖くない。ないったら、ない。

不躾《ぶしつけ》で馴れ馴れしいベタベタしたがるような人でなくて良かった。魔の世界ならば、魔王の娘というだけでなんとかなるが、人の世界ではそうも言ってられないだろう。

魔の世界では、美しいと髪を撫でられても、睨んで父の話をすればよかった。

部屋まで忍んで行くと言われても、兄姉に相談すると言えば相手は顔色を変えるのだから簡単だった。

いや、だから、そうじゃない。

近寄らなければならないのに、逃げる言い訳を考えている場合じゃない。

「……まぁ、そういうことだから、まだ純潔は守っておきたまえ」

「ほぉ」

「ほぉって、聞いているのかい？　ニコラ？」

これはニコラにしかできない。そう、父である魔の世界の王が言った。

ニコラに向かって、人の世界の王に嫁いで欲しいと、言った。

その言葉に、他の意味があるのか。それとも、言葉通りの意味だけなのか。ニコラは解らないから考えてしまう。

戦いが終わっていて、平和のための約束なのか。戦いは終わっておらず、次の戦いに向けての布石なのか。どちらにしても、ニコラは人の世界の王と懇意《こんい》にしなければならないだろう。

だけど、まだ、人の世界に来た当日だしと、またまた言い訳を考えそうになって、ニコラは拳を握った。

確かに、人の世界の王は、びっくりするぐらい好みじゃない。

生理的嫌悪を覚えるほどではないし、嫌いと叫びたくなるほどでもないし、触れられたくないと思うほどじゃないけど、好みじゃない。

なんとなく、怖いのだ。

どうしてだろうか。人の世界に来るのが初めてなら、人と会うのも初めてだった。周りで遠巻きにして見ている人や、ドレスを着せるために集まってきた人や、頬を染め興奮したような感じで挨拶をしてきた人。たった一日で、ここまで色々な人を見た。人の世界なのだから、人しかいないとわかっていても、大勢の人の中で恐怖を感じたのは王だけだった。

なんでだろう。高い身長に、大きな体躯。そんな者は、魔の世界にも大勢いる。ただの人型ではなく獣と結合したものや、人よりも獣に近い人型の者だっていた。

恐ろしく、醜いもの。無様で、汚らわしいもの。

その何よりも、人の世界の王が怖く感じる。何が怖いのか解らないのも怖いし、怖いと思う理由が思い付かないのも怖かった。

「……ニコラ？」

「うんうん」

「僕は隣の部屋にいるからね？　何かあったら来なさいね？　聞いているかい？」

「うんうんうん」

でも、駄目だろう。このままじゃ、駄目だろう。駄目に決まっている。

好みじゃないからと、放っておいていいことじゃない。離れて逃げて、良かったと安心していたら先が思いやられる。

だって、自分には使命がある。

平和のための約束だとしても、戦いへの布石だとしても、ニコラは人の世界の王に近付かなければならなかった。

魔の世界の王から承った使命に、裏があろうがなかろうが、人の世界の王と仲良くしないといけない。怖かろうが近付き、仲良しと思われるぐらいにならないといけない。

むしろ、人の世界の王が、自分に惚れるぐらいに近付かなければと、ニコラはティフォンが隣の部屋に行ったのにも気付かず心の中で決意した。

そうだ。夜這《よば》いをかけよう。

魔の世界で読んだ書物にもあったが、夜に忍んで会いに行くというのは面白そうだ。自分から会いに行くのがいいと思った。夜這いという響きもいい。ニコラも何度か会いに行くと言われたことがあるけど、言われただけだ。

面白そうだ。スリル満点だ。いや、そうじゃない。これは使命だろう。魔の世界の王から承った使命を果たすために必要なことだ。

しかし、夜這いというのは、何か作法があるのだろうか。寝間着は魔の世界から持ってきた物で、肩紐の細いレースのスリップと膝までのハーフパンツだ。絹の光沢と、黒という色はよく合う。悪くはないと思うが、人の世界の王の好みなど知らない。

えいっと、ベッドに寝転がっていたニコラは起き上がり、裸足のまま部屋の扉まで歩いた。

与えられた部屋はよそよそしいが嫌いじゃない。客室にしか思えなくても、しばらくは泊まってもいいと思うぐらい悪くない。

毛足の長い絨毯は温かく、暖炉の温かさも優しい。硝子《ガラス》窓には厚いカーテンがかかり、今は魔の世界と同じような暗闇が広がっているのだろう。ベッドの四方に細い柱があり、部屋の中なのに屋根が作られているのは可愛かった。

ベッドがあり、ソファとテーブルがあり、暖炉がある。

魔の世界での自分の部屋より少し大きいだろうか。廊下に出ないで部屋続きになっているティフォンの部屋があるから、前の部屋よりも大きいだろう。

ゆっくりと、ニコラは部屋の扉を開けた。

蠟燭《ろうそく》の明かりが揺れる廊下は、生まれ育った魔の世界と同じだ。太陽が上り、朝がくるのが、魔の世界と違う。

だから、明かりが揺れる廊下は怖くない。あの、好みじゃない人の部屋に行かなきゃいけないことの方が怖く感じた。

何が、怖いというのだろうか。もっと、恐ろしい獣を見たことがある。魔の世界には、醜く目を逸らしたくなるような獣だっていた。

なのに、にこにこと笑う人が怖い。

目を細め、緩く口角を上げ、慈しむように笑う顔が怖い。

「…………えっと、この端だっけ？」

どうして知っているのかは解らないけど、この廊下の突き当たりが人の世界の王の部屋だとティフォンが言っていた。

魔の世界の城よりは小さいと思ったが、廊下を歩いていると広いのだと気づいた。足音を隠すように、ひっそりと密やかに、ニコラは跳ねるように歩いていく。

蠟燭の火でゆらゆらと踊る影が写る、目の前に聳《そび》え立つ扉を睨んだ。

「………」

閨《ねや》での手順は、大体知っている。たぶん。きっと。姉達がきゃいきゃいと教えてくれたことが間違っていなければ、最初から最後までの流れは解る。

でも、知っているのと、経験があるのでは、物凄い差があった。

「……だ、大丈夫なのかな……アレと、する、とか」

だって、そうだろう。頭の中でぐるぐると回る行為は、かなり難易度が高いと思う。嫌いじゃないと思うぐらいでは、したくない。好きと言えるような者とでなければ、憤死するかもしれない。

しかし、贅沢は言ってられなかった。

好きじゃなかろうが、怖かろうが、閨を共にしなければならないだろう。平和のための約束ならば、ニコラは人の世界の王と結婚しなければならない。戦いの布石だとすれば、ニコラは人の世界の王を誑かさなければならなかった。

大丈夫。きっと、大丈夫。

姉が言っていた。ニコラは可愛いから服を脱いで寄りかかるだけでいい、と。いつものように甘い声でわがままを言えば相手はすぐに落ちる、と。駄目なら抱き付いてキスをして下半身を触ればコッチのもんだ、と。そう、言っていた。

こくりと、唾を飲む。

ただ可愛がられるだけで何もできない自分が、何かをできるのかもしれない。嫁ぐという言葉に裏の意味がなくても、初めて明確に頼られたのだからと、ニコラは扉に手をかけた。

ギィイっと、小さな音なのに大きな音のように聞こえる軋《きし》みを上げて、人の世界の王の部屋は開かれる。

鍵がかかってなくてニコラにとっては良かったが、ちょっと不用心じゃないだろうか。廊下よりも暗い室内に眉を顰め、どこにいるのかと辺りを見渡す。

ゆっくりと、暗闇に目が慣れてきた。

部屋の作りはニコラのいる部屋と同じだろう。ただ、広い。ニコラの部屋より三倍ぐらい広いのに、同じ物しか置いてないから余計に広く感じる。

ソファとテーブルがあり、暖炉があり、ベッドはどこだろうとニコラは首を傾げた。

同じような作りならば、暖炉の反対側にベッドがある。そう思って見ても、ぼんやりと暗くて解らない。ニコラの部屋ならば、ベッドのある壁に扉があって、ティフォンの部屋に繫がっていたけど、ここに続きの部屋はないだろう。

その部屋の分も広いのだろうかと、ニコラは恐る恐る足を踏み入れた。

苛々《いらいら》するぐらいに、部屋は広い。目が慣れたといっても足下は見えにくいから、どうしても歩くのに時間がかかる。

やっぱり、人の世界の王の部屋でもベッドに屋根があるのかと期待して、思わず目を丸くして口を開けてしまった。

「…………なに、これ」

布が幾重にも重なり、ぼんやりと中の明かりを見せている。どうりで暗いわけだ。明るいのは、この中かと、ニコラは瞬《まばた》きする。

まさか。まさか、この布の中はベッドだけなのだろうか。もしも、ベッドだけなら、ニコラが何人寝られるのだろうと眉を寄せた。

魔の世界の城だって、こんな酔狂なベッドはない。部屋の中に屋根を作るのもどうかと思うのに、こんな秘密基地みたいなベッドはもっとどうかと思う。

だって、物凄く気になるじゃないか。ドキドキするじゃないか。楽しそうじゃないか。

少しだけ目を輝かせたニコラは、そっと布に手を伸ばした。

「さて。何用かな？」

唐突に聞こえてきた声に、ニコラの伸ばされた指はひくりと止まる。布に遮《さえぎ》られているはずなのに、通る声がニコラを咎《とが》める。

見えているのだろうか。この布は外から中は見えないけど、中から外は見えるのか。布に手を伸ばした瞬間に声がかかって、手を引っ込めそうになったけど、無理に布を摑んだ。

かけられた声に怯《おび》えていると思われたくない。

人の世界の王なんかに、負けたと思うのは悔しい。

「…………入ってもいいかしら？」

「何用かと聞いている」

だから、必死に声を作ったのに、無情な返事に顔を顰めた。

舌打ちしなかっただけでも偉いだろう。可愛がられ、甘やかされ、大事にされてきたニコラは、こんな高圧的な物言いをされたことがない。

しかも、コレを言っているのが、アレかと思えば、鼻の頭にも皺《しわ》が寄った。

ああ、やっぱり好きじゃない。先程のパーティーではニコラが逃げてしまったせいで、ほとんど話をしていないから、会話を交わすことすら好きじゃないと気付かなかった。

「……夜這いよ」

「夜這い、ね」

苛々する。なんで真っ暗な部屋の中で閉め出されているのだろうか。部屋の中だから閉め出されてはいないのかもしれないけど、ベッドに入れてもらえないだけで苛々する。

「ねえ、入っていいの？　それとも駄目なの？」

布の壁なんて意味をなさないのにと、ニコラは手で退けられる布を睨《にら》んだ。

駄目だろう。焦っちゃ駄目。落ち着かないと駄目だ、自分。

これは失敗できない。どちらの意味でも、失敗はできない。平和のための証でも、戦いの布石でも。絶対に失敗はできない。それに、ここまで来て話をしてしまったのだから、もう後には引けないとニコラは唇を噛んだ。

夜這いをかけるのは、凄く良いと思ったのに、どうしてこんなことになったのだろう。面白そうだとか、スリル満点だとか、楽しいことしか考えてなかった。自分から夜に忍んで会いに行くというシチュエーションにドキドキして、拒まれるなんて考えてなかったからいけなかったのだろうか。

夜に忍んで会いに行くことが夜這いではなく、会いに行った後があって初めて夜這いなんだと、知りたくもないのにニコラは教えられた。

「……ねぇ？」

鍵のかかった部屋の前で立ち竦《すく》むのなら解る。鍵がかかっているのなら仕方がないと思える。扉に阻《はば》まれて廊下で拒まれるのなら、色々な理由を考えて納得することができた。もしかしたら寝てしまったのかもしれない。こんな大きな扉があるのなら、声をかけたって届かない。夜中に大声を出すのはいけないし、ならば諦めた方がいいだろう。

なのにそんな理由すら作らせてくれないから、ニコラはどうしていいか解らなくなった。

「……聞いてる？　ねぇ？」

可愛がられ、愛でられる。それに応えるだけで、いい。微笑み、拗《す》ね、わがままを言って唇を尖らせる。

ニコラには、それしかできることがない。それしか、できない。

「…………ねぇ、ってば」

なんだか悲しくなってきた。

暗闇には慣れている。魔の世界には太陽は上らない。蠟燭の明かりが影を濃くし、ゆらゆらと踊らせるのは楽しいとさえ思う。

でも、こんな風に一人でいるのは、惨《みじ》めで悲しかった。

だって。これまで、いつだって、ニコラは皆に歓迎された。ニコラを可愛がりたい兄姉は、どんな状況だって扉を開けてくれる。魔の世界の王ですら、ニコラの声を聞けば笑顔を向ける。

もしも、時間がなかったり歓迎できない時だったら、こちらの胸が痛くなるような苦笑で謝り、頭を下げてくれた。

まさか断られるなんて思ってなかったと、ニコラは俯《うつむ》く。

自分で中に入ることができる布に阻まれて、返事の一つも返してもらえない状況に泣きそうになる。

「……どうぞ」

「っっ！」

「入りなさい」

小さな声が布の合間から聞こえてきて、ニコラはすぐに顔を上げた。

ゆっくりと、震える指で布を掴む。一枚、一枚と、潜っていく。外から見た時はそんなに重なってないと思っていた布を、何枚もくぐって中に入った。

ふわりと、いい香りが鼻につく。

閉じられた空間だというのに狭苦しさはなく、やっぱりニコラが何人も寝られそうなぐらい広いベッドがある。

両脇にいくつものランプがぶら下がっているが、今は二つずつだけ点《とも》っていた。

思ったとおり秘密基地みたいで、目がキラキラしそうになる。小さな頃に箱や椅子やシーツで作った秘密の部屋みたいだと、懐かしいことを思い出す。

物凄く明るいのではなく、眠るには少し明るい程度で、ニコラは目を丸くして周りを見渡した。

ちょっと、楽しいかもしれない。両脇にサイドテーブルが置いてあって、左にボトルとグラス、右に香炉が置いてある。匂いの元はこれかと、右側に寄ってからベッドに上がる。

ニコラの腿《もも》の辺りまである高さのベッドは、少し硬めで上りやすかった。

「こら」

「っっ⁉」

香炉を近くで見ようと思っていたのに、足首を掴まれ身体が跳ねる。

そうだ。夜這いに来たんだ。すっかり忘れて、この秘密基地みたいなベッドに夢中になっていた。

人の世界の王を、わざと見ないようにしていたのかもしれない。

だって、足首を摑まれるまで、こんなにも存在感の大きなものを無視できた。

でも、無視しちゃいけないだろう。夜這いに来たのだから、見なきゃいけなかったのは、この人だ。

「……なぁに？」

本当は、足首を摑まれて心臓が口から飛び出しそうになっている。今も、できれば身を捩《よじ》り、足を振り上げて大きな手から逃げたい。

それでも焦っているなんて思われたくなくて、ニコラは自分の足首を摑む者を見た。

パーティーで見た時と同じ、首の詰まった服を着ている。これが寝間着なのかと思うぐらい長いシャツで、裾が足首の辺りまである。なのに、ゆるりとしたズボンを穿《は》いているから、おかしな服だと首を傾げた。

でも、まぁ。白のシルクというのは、悪くない。少ない明かりでキラキラ光るから、同色の糸で刺繍されているのだと解る。あのパーティーで見た派手な柄よりは確実に許せると、ニコラはゆっくりと顔を上げていった。

「何、ではないよ。裸足《はだし》で来たのかい？」

「……なっ⁉　ちょっ、擽《くすぐ》ったいっ」

ごしごしと、まるで竜を洗う時みたいに、容赦なく布で足の裏を拭かれる。足首を摑まれて緊張したことなんか、遠く遠く飛んでいくぐらいに乱暴に拭かれる。

「あははは っ‼　やめっ、やめてったらっ‼」

「まったく……」

足の指まで綺麗に拭かれて、少しも汚れていない布がベッドの端に放られるのを見た。

なんとか呼吸を整えようとしてみる。だって、どうしよう。気が抜けて、疲れた。笑いすぎたせいで腹が痛く、肩を揺らしても息が整わない。涙が滲んだ瞳で睨み付ければ、にっこりと優しく微笑まれた。

ああ、本当に、コレは好きじゃない。

「……夜這いに来た淑女に、随分な仕打ちね」

「淑女は夜這いに来ないだろう？」

「……そんなことはない、わよ？」

「そうかな？」

なんだろう。その余裕面の笑みを剝《は》いでやりたくなった。

もぞりと姿勢を正して、人の王の前に座る。手を前について、四つん這いで少しずつ近付く。

「……ねぇ、夜這いに来たって言ってるんだけど」

ゆっくりと這い上がるように、人の王の顔に近寄った。

あと、少し。少しだけ近寄れば唇が触れる。これだけ近くに寄ると、意外と悪くない顔をしているのだと気付く。

深い緑色をした笑っていない瞳は切れ長で、鼻筋は通って、唇は薄い。

なのに、無理矢理に切り揃えたような髪がちらちらと視界に入って、ニコラは溜め息を吐きそうになった。

「紫水晶のような瞳をしているね」

「……………貴方の髪型は、ちょっとおかしいと思う」

会話が成立しない。

パーティーの時、挨拶の後は逃げてしまったから初めて話をするのだけど、話が嚙み合わない。思っていた通りの答えが返ってこないから、話が通じてないような気さえする。

「ああ、ざんばら頭はみっともないと言われてね。揃えられてしまったよ」

「……………………そう」

容姿を気にしないのだと、なんとなく解っていたが思い知らされた。

きっと、言われた通りにしているのだろう。服も用意されたものを着ているに違いない。

外見や容姿に囚われないというのは良い言葉に聞こえるが、ここまで無頓着《むとんちゃく》だと王としてどうなのかと思ってしまう。

むしろ、誰かに言われなければ整えなかったのかと、ニコラは心の中で拳を握った。

どうでも良かったのか。自分は、この人の世界の王にとって、どうでも良かったというのか。いくら無頓着でも、大事な時には自分でどうにかするだろう。そう。大事な時には。ニコラは花嫁になるために人の世界に来たのに、大事な時ではなかったということか。結婚というのは、この王にとって、大事なことじゃないのだと思い知る。

「……似合わない」

「うん。私もそう思うよ」

当たり前のように肯定されて、嫌みすら嫌みにならないのだと教えられた。

いや、相手にされていないのだろうか。どうでもいいと思われているから、会話が上滑りするのだろうか。

魔の世界は、人の世界と戦っていた。この人が王になって何年経つのか知らないけど、戦いの指揮を執っていたのは間違いない。

この、目の前の人が、魔の世界との戦いを終わりに向かわせた。

「…………」

「…………」

人の世界の王。イリアス。

凄い人なのだと思う。長い間続いた戦いを終わらせたのだから、王としては優秀なのだろう。

優秀なのは解るし、だからこそニコラが人の世界に来たのだが、それはソレでこれはコレだった。

髪型に怒りが湧くのは初めてだ。趣味のいいベッドに寝ているくせに、パーティーの時のような駄目な服を着る。

「……初めて人の世界に来たのだけど」

「うん？」

「……人の世界のファッションは、どうかと思うの」

ちょこちょこと更に四つん這いで近寄って、人の世界の王という立場の男の身体を触った。

ぺたぺた触れば、かなり筋肉がついていると解る。胸板も厚い。首も太いし、足も太いし、腰も太い。これだけしっかりとした体躯なのに、子供っぽく笑うから違和感を覚えるのか。ぺたりとイリアスの胸に手を置いて、顔を覗き込めば優しく笑われた。

「君の寝間着は可愛らしいね」

「……ありがとう」

お互いにベッドに座ったまま、一体何をしているのだろう。なんとなく外れた会話に、ニコラが我に返る。

ファッションの話をしている場合じゃない。ぺたぺたと身体を触ってる場合でもない。

夜這いに来たのだと、ニコラは身体を離した。

平和のための約束ならば、ニコラはイリアスに嫁がなければならない。

もしも、魔王の言葉に裏があって、戦いのための布石ならば、ニコラはイリアスを魅了して欺《あざむ》かなければならない。

そのために、夜這いに来た。

パーティーでは逃げてしまったから、後れを取り戻したくて夜這いに来たのだと、ニコラは唾《つば》を飲み込む。

「…………」

「…………」

ニコラは可愛いから服を脱いで寄りかかるだけでいい、と。そう姉は言っていた。

さて。上から脱ぐべきなのか、下から脱ぐべきなのか。姉の言葉と今の状況がぐるぐると回って、どうしていいか解らなくなる。

ただ、夜這えばいい。夜に忍んで相手のベッドに上がれば、それでいいと思っていたのに、今の状況でイリアス相手では色々と無理だと解っていた。

ニコラが動かなければ、イリアスは動かないだろう。イリアスのベッドを見に来たのではないと、ニコラは迷いを捨てて上から脱いだ。

細い肩紐のスリップは、てろりと肌を滑っていく。思い切ってハーフパンツに手をかけて下ろす時に、思い切りが良すぎて下着まで一緒に脱げてしまった。一糸纏わぬ産まれたままの姿。まだ、素っ裸になるつもりはなかったけど、これならいけるだろう。

魔の世界では、ニコラの容姿は賞賛されていた。兄姉にも、グラマラスな身体だと言われたし、白い肌は羨ましいと言われた。

これなら、手を出さずにはいられないだろう。好きじゃない人なんかに触られるのは嫌だけど、どちらにせよイリアスとは閨を共にした方がいい。

でも、まぁ、なんて言うか。下手だったらどうしようか。色事が上手そうな顔をしてないと思うから、どうしようか。リードすべき男が下手だと大変だと、姉達が言っていた。怪我をするかもしれないと言っていたから、痛かったら引っ掻いて殴って蹴ればいいかと、ニコラはイリアスを見る。

目の前にいたはずのイリアスは、少し離れた場所で寝転んでいた。

いつの間に移動したのかと、ニコラは首を傾げる。脱いだ後に、ちょっと考え事をしていたのがいけなかったのか。それとも脱ぐ時に、イリアスから目を離したのがいけなかったのだろうか。

しかし、どういうことだ。

魔の世界で羨望の眼差しを集めていたニコラの裸を見て、手を伸ばすどころか離れて寝転んでいる。片腕で頭を支え、欲の欠片《かけら》もない笑顔でニコラを見ている。

「……なに、笑ってるのよ」

「最初の目的を思い出したのかい?」

これ見よがしに、くわぁと欠伸《あくび》をしたイリアスに、ニコラの何かが燃えだした。

侮辱された怒りかもしれない。一糸纏わぬ姿のニコラを前にして、何もしないで寝たいという顔をされて、羞恥と憤怒で憤死しそうな気がする。

「……そうよ」

だから、ゆったりと四つん這いになって、見せつけるようにイリアスに近寄った。

少し硬めのベッドは、ニコラが這っても揺れない。歩きやすいけど、寝たら身体が痛くなりそうと、どうでもいいことを思いながらイリアスの前まで行く。

左腕で頬杖をついて寝転んでいるから、イリアスの右の頬を指先で撫でた。

「そうか。では、何をしてくれるのかな?」

「……………え?」

イリアスの低くて腹に響く声に、一瞬だけ言葉を理解できなくなる。声だけは好きなんだけどなとか、そんなことを思っている場合じゃないような気がしてきた。

だって、自分が何かしなければならないのか。いや、おかしいだろう。こういう閨での情事というのは、男女の睦み合いという色事は、男がリードするものだろう。男がリードしないでどうする。

姉達に可愛がられ面白おかしく色々な話を聞いているが、今ここで何かしろと言われても、ニコラにできることは少なかった。

「え、ではないよ。君が夜這いに来たのだから、君がしてくれないとね」

「……こ、こういうのは、男がリードするものでしょう？」

「そんなことはないよ」

「……そんなことあるの！」

色々と聞いているから、色々と知っている。それなりに、たぶん、まぁまぁ、知っているけど知っているだけだ。

自分で自分の股間を濡らして上に乗っかって腰を振るとか、初心者にできると思うのだろうか。好きじゃない男の性器を舐めるなんて論外だし、イリアスの顔に乗っかって舐めさせるなんて失神する自信がある。

むしろ、なんで手を出さないのかと、ニコラは顔を顰めた。

魔の世界の王の娘が、このニコラ＝ニュクスが、一糸纏わぬ姿で夜這いに来たと言っているのだからがっつくのが当たり前だろう。

なんで、そんな涼しい顔をしているのか。なんで、もう寝たいと言わんばかりの顔をしているのか。なんで、ニコラの裸に微塵《みじん》も興味がないという顔をするのか。

苛々しながら姉達の言葉を思い出して、一つ心当たりを聞いてみた。

「……ねぇ」

「うん?」

「……もしかして、不能とかいうヤツ?」

目の前にいる男は、少しだけ目を開いて固まっている。そんな顔をすると、深い緑色の瞳が綺麗に見える。

だけど、空気を揺らすように笑いだすから、ニコラの方が固まった。

「……ふっっ‼ はっはっはっ!」

「笑わないでよっっ‼」

嫌なヤツ。本当に、嫌なヤツ。物凄く、嫌なヤツ。

こんな風に笑われたら、気付きたくないことに気付いてしまう。馬鹿にするような笑いと、本当に呆れたというような笑いが混じっている。

そうか。そうなのか。そうですか。解りたくないけど、解ってしまった。こんな馬鹿みたいな笑い方をする男に、気付きたくないのに教えられた。

「もういいっ‼ わ、わたしに魅力がないってわかったからっっ」

じわりと、目に涙が滲む。零れるほどじゃない涙に唇を噛み、心臓がぎゅうっと締め付けられるように痛くなる。喉が熱くなって、頭がガンガンと痛みだす。

そうだ。解っている。解らされた。

パーティーの時だって、ニコラから離れたけど、離れられる状況だったということだろう。もしも、イリアスがニコラを気に入っていれば、話しかけるなりなんなりの状況があったはずだ。

それに、ベッドを覆う布の中にも入れてもらえなかった。

夜這いに来たと言ったって、関心を引けない。脱いでも興味を引けない。頬を撫でた手を払われなかったのは、ニコラが女だからだろう。

ああ、どうして気付かなかったのか。

ニコラ自身がイリアスを好きじゃないと思うように、イリアスだってニコラを好きじゃないと思っている。

平和のための約束。戦いのための布石。

イリアスは、戦いの布石という後者は関係ないけど、平和のために結婚しなければならないのだろう。

それを仕方がないと思っているのだと、ニコラはベッドから逃げようと腰を浮かせた。

「こら。ちゃんと服を着なさい」

「……うっうるさいわねっ‼　あんたに関係ないでしょっ‼」

どうせ、可愛いと愛でられるだけの存在だ。欲が湧くような身体ではないのだろう。人の世界のものが全てそう思うのか解らないけど、少なくとも目の前の男はニコラを欲しいと思えないらしい。

だったら、もういい。自分の部屋に帰るまでは裸だろうが関係ない。

なのに、二の腕を摑まれ、大きな手で摑まれ、後ろに引っ張られた。

「っっ⁉」

引き倒されると思った身体は、温かい何かに受け止められる。一瞬、ほっとしてしまうが、そうじゃない。

悔しい。恥ずかしい。悲しい。色々な感情が渦巻いて、ニコラは唇を嚙み締めた。

自分は、こんなにも自惚《うぬぼ》れていたのか。魔の世界で甘やかされ可愛がられ、自分にどれだけの価値があると思っていたのか。

しかも、どうして。どうして、今なのか。自分をなんとも思っていない人の世界の王に、価値を見出してもらえないのなら、人の世界に来た意味がない。

「離してよっ‼」

ほろりと涙が零れて、ニコラの口から悲鳴のような声が出た。

もう、どこを押さえつけられているのか解らないけど、じたばたと手足を動かして逃げようとする。うーっと、泣くのを我慢して声を潰し、なんでこんな目に遭っているのかと頭が茹《ゆ》だる。

「落ち着きなさい」

「うるさいっ‼　関係ないでしょっ‼」

「……ああ、もう。君は子供かい？」

顎《あご》を摑まれて、ニコラはイリアスの方に顔を向かされた。

深い、深い緑色の瞳。少し眉が寄っているが、苛立ちよりも呆れの方が強いのだろう。

かなり強引に顔を動かされたのに、あまり痛みがない。

それが侮《あなど》られているようで、ニコラは思い切り顔を顰めた。

「いいかい？」

「……な、なに」

大きな掌が、ニコラの顎から離れて頰を包む。親指の腹で目尻を撫でられ、涙を拭われたと解る。

腰に腕が回り、頰を掌で包まれ、動けないと知ってニコラは溜め息を吐いた。

色々な感情で混乱していたけど、これは何も解決していないだろう。人の世界の王は、魔の世界からの花嫁に興味がない。

だから、悔しくて睨み付ければ、呆れた声が聞こえてきた。

「名前も呼ばずに夜這いに来て、間違えたのかと思うだろう？」

「……そ、そんなのっ」

一瞬、言われた言葉の意味が解らなくなる。

だって、名を呼ばずにいても問題ないだろう。

顔を合わせているのだから名前なんてどうでもいい。

解っているのだから口に出すまでもない。

そう思うけど、イリアスの言っている意味だって、悔しいけど解っていた。

「ほら、誰に夜這いをかけに来たのか、言ってみなさい」

「…………」

人の世界の王。ニコラは心の中で、そう呼んでいた。

しかも、好みじゃない。好きじゃない。魔の世界のために仕方がない。どうせ誰かに嫁ぐのだから、誰に嫁いでも同じ。

そう思っていた。

だけど、自分がそんなことを思われていたら、気も悪くする。イリアスだって同じように思っているのかもしれないけど、顔にも言葉にも出していなかった。

会話が上滑りするのは当たり前だろう。

お互いがお互いに興味がなく、仕方がないことだと受け止めていたから、おざなりにもなる。

でも、イリアスにはなくて、ニコラにあることが一つだけあった。

平和のための約束ならば、ニコラもイリアスも仕方がないことだと割り切らなければならない。政略結婚というのは、そういうものだ。地位の高いものは、結婚と恋愛を一緒にしない。

だけど、もしも戦いの布石ならば、ニコラにだけ課せられた使命があった。

人の王を魅了し誑かし、戦いの駒とするのなら、ここで引いちゃいけないだろう。そのために夜這いに来た。だから、夜這いをかけようなんてことを思った。

「ニコラ？」

「…………い、イリアスに夜這いをかけに、きた、の」

ぐわわわっと、顔が真っ赤になるのが解る。耳も首も肩も全身が、きっと真っ赤に染まっているに違いない。

言葉に出すというだけで、こんなにも恥ずかしいのかと、ニコラは顔を顰めた。

「君は魅力的だよ。安心しなさい」

「……そ、んなの……知ってるし……」

暴れる身体を押さえつけられていたせいで、今ニコラはイリアスに抱き込まれて胸の中にいる。横向きに寝転がったイリアスに抱き締められて、かなり恥ずかしくてどうしようもない。

温かい暗闇は心地良いけど、大きな掌が宥《なだ》めるように頭を撫でるのも気持ちいいけど、そうじゃないとニコラはイリアスの胸を押した。

「ね、ねぇ……ちょっと、離してっ……」

「いいから。大人しくしていなさい」

必死になって胸を押しても、ぴくりとも動かない。今は額を胸につけているけど、このままじゃイリアスの胸にキスしてしまう。

少しでいい。少しだけでいい。ちょっとぐらい離れて欲しいと、ぐいぐいイリアスを押していたら、後頭部を撫でていた掌が項《うなじ》に下りた。

ぞわりと、何かが這い上がる。擽ったいような、痺《しび》れるような、不思議な感覚だ。厚く熱い手がいけないのか。首の後ろを支える掌は熱を伝え、長い指が耳の裏を撫でる。

「な、何して、るの？」

「うん」

「うん、じゃなくて……あっ……」

戦いで作られた硬い指の腹が、ニコラの背骨をゆっくり撫でた。

舐めるような動きに、ひくりと喉が鳴る。擽ったい。どきどきする。恥ずかしくて怖くて、イリアスの胸についた手をきゅっと握った。

「ね、ねぇ……ねぇ……」

「こういうことは、男がリードするものなのだろう？」

耳に息を吹き込むように、イリアスはニコラに声をかける。思わず首を竦めて身を固くすれば、宥めるような掌は背中を撫で回す。

肩胛骨《けんこうこつ》を。腰を。脇腹を。項《うなじ》から背骨の終わりまで撫でられて、ニコラは必死で唇を噛み締めた。

ふぅふぅと、全身で息をする。落ち着かないと駄目だと、揺れて震える指をきゅっと握り締める。

ただ、撫でられているだけだ。掌と指の腹で、背中を撫でられているだけなのに、どうしてこんなに身体が熱くなるのか解らなかった。

怖い。どうしよう。自分の身体が、自分のものじゃなくなったような気がする。まるで、病に倒れた時のように、目眩すら感じる感覚に、ニコラはかたかたと震えた。

ぞわぞわと肌は粟立ち、心臓は飛び出しそうなぐらい速く鳴る。全身が溶けそうで、じわりと目に涙が浮かぶ。

どうしよう。それだけが頭に浮かんでは消えて、イリアスが震える肩を摑んだのに気付けなかった。

「ニコラ?」

「………っ」

「こら、唇が切れてしまうよ」

少しの力で、ニコラは仰向けにさせられる。手は胸の前で握られたままで、ぱちぱちと瞬きだけを繰り返す。

硬い指の腹で唇を撫でられ、何度も何度も撫でられ、ようやくニコラは唇を解いた。

「……っ、は、あ、はぁ」

「そう。ちゃんと息をしなさい。何も取って食う訳ではないよ」

握り締めた手を、あやすように撫でられて、ニコラは肩で息をする。喘《あえ》ぐように、溺れたように、苦しい息が整うまでイリアスは撫でてくれた。

みっともない。恥ずかしい。この先があるのを知っているからこそ、怖くて逃げ出したくなる。

やっぱり、知識だけでは駄目なのか。経験するということが、こんなにも恐ろしいとは思わなかった。

でも、駄目だろう。これは、必要なことだ。逃げてはいけないことだ。

「……ご、ごめんなさい」

「謝る必要はないよ。私が性急過ぎたかな」

「ち、がう……ちょっと、驚いただけ、だから」

撫でてくれる手を、ニコラは必死に掴む。きゅうっと握って、イリアスの深い緑色の瞳を見つめた。

好きじゃない。嫌いじゃないけど、好きでもない。会ったばかりで、話だってそんなにしていない。魔の世界の花嫁なんて興味がないくせに、こうして優しくしてくれるのは仕方がないからだろう。

でも、それで、いい。だって、ニコラは自分のために動いていた。

魔の世界の王から承った使命だから。人の世界に嫁ぐことで、今までニコラを大事にしてくれた皆のためになるから。

それに、もしかしたら。最終的に。最悪な話かもしれないけど。もしかしたら、使命には裏があって、イリアスを誑かして殺さなければならない状況になるかもしれない。

こくりと、ニコラは唾を飲む。

まだ解らないから、解らないのならどちらでもいいように動かなければならなかった。

「……して？　続き、して」

視界が、涙でぼやりと滲んだ。握り締める指先も、震えている。瞬きをして涙が零れたらいけないから、イリアスの瞳だけを見つめる。

だから、小さな溜め息がイリアスの口から零れた時に、ニコラはひくりと跳ねた。

「……だめ？」

「駄目ではないよ。身体の力を抜きなさい」

そっとイリアスの手から手を離して、ニコラはゆっくり深呼吸する。上下する腹をぽんぽんと優しく叩かれて、子供じゃないと叫びそうになった。

「そう。いい子だね」

ゆるりと、イリアスの手が動く。背中を撫でられていた時のように、腹を撫でてから、胸に辿り着く。

撫でられているだけだ。胸を揉まれたり摑まれたりしていないのに、撫でられるだけでニコラの肌は戦慄《わなな》いた。

恥ずかしさからか、怖さからか。それとも、魔の世界だとか使命だとか、そんなことを思いながら身を任せているからか。尖った乳首も撫でられて、ぴくりと身体が震えてしまう。硬い指の腹が乳首の周りを撫でて、爪が形を教えるように動く。

「……んっ、あ、あっ」

ぞわぞわと何かが這い上がってきて、怖くなってイリアスを見た。

やっぱり、笑っている。目を細め、口角を上げ、幼く見えるような笑顔でニコラを見ている。

「もっ、そこ、ばっか……やっ」

「嫌ならば、違うところに行こうか」

「ふぁっ、えっ、あっ」

指が胸から下りて、脇腹を擽った。

脇腹なんて、撫でられるだけで笑いを隠せないはずなのに、どうしてか違うものを感じてしまう。全身に鳥肌が立ち、じわりと体温が上がる。

もじもじと、なんだかもどかしくて、脚を擦り合わせると嫌な音がした。

くちくちと濡れた音がする。姉達が言っていた、濡れるというのがコレなのか。でも、撫でられているだけなのに、そんな簡単に濡れるのだろうか。

おかしいのかもしれない。何か、変なのかもしれない。姉達が言っていた言葉がぐるぐると頭を回る。

ほとんど解らないまま笑って聞いていたけど、撫でられただけで濡れるなんてのは話になかった。

ぞわりと、頭の中が冷える。

緊張のせいだろうか。使命の裏を考えて、もしかしたらなんて考えていたせいだろうか。好きじゃないのに身を任せた罰なのかと、ニコラは怖くなる。自分の身体なのに、自分の思い通りにいかないことが怖くて、ニコラはイリアスの目を見ながら顔を顰めた。

「ね、ねぇ、あっ、やだ、まって」

「どうしたのかな?」

「だって、ね、やぅっ、も、あっ、なんか、ぬれてるっ」

まだ撫でる手が動くから、ニコラはイリアスの腕を掴む。これ以上、動いちゃ駄目だと言うように、イリアスを睨みながら腕を止めようとする。

「おや。どこが濡れてしまったのかな？」

「うっ、あぅ、やっ、も、なでちゃ、だめっ」

イリアスの腕を、ニコラは両手で掴んでいるのに、どうしても止められなかった。

片腕を枕に、片腕だけで撫でているのに、どうして止められないのか。こんな格好では力だって入らないはずなのにと、ニコラは唸りながら腕を止めようとする。

でも、無情にもイリアスの手は、ゆっくりと下がっていった。

臍《へそ》を撫でられ、薄い恥毛を撫でられる。慌てて脚を閉じて力を入れたのに、掌はニコラの脚の合間に入り込む。

内腿を撫でられ、そっと脚を開かされた。

「ま、まって、ね、ねぇ、いりあすっ、まってぇっ」

「………閉じているねぇ」

「な、なにっ？　あ、だめっ、だめって」

指が割れ目を撫でていく。とろりと、それだけで何かが溢れ出る気がして、イリアスの手を脚で挟み込む。

だけど、そんなことでイリアスの指は止まらなかった。

ぬるぬると、指は割れ目を撫でる。ほんの少しだけ開くみたいにするけど、本当に撫で

るだけでニコラを混乱させる。

恥ずかしい。だって、こんなに濡れるなんて知らない。どんどんイリアスの指の動きが滑らかになって、割れ目の上の方で止まった。

「ひっっ⁉」

「……ここも、幼いねぇ」

くるくると、指が踊る。そこに何かあるのか、ニコラには解らない。解らないけど、指が撫でるたびに身体は跳ねた。

「やっ、あぅっ、あっ、あっっ‼」

何が起きているのか。ぷちゅっと、零れる蜜液に身体が痺れていく。擦るみたいに動く指に、何かが引っかかった。

「やだぁっっ⁉　やっ、だめっ、そこっ、だめぇっ‼」

「……感度はいい、か」

意地悪な指が何かを弄《いじ》る。腫れたのか、見付けられたのか。指で教えられた突起はニコラの腰を溶かし、とろとろと蜜液を零す。

駄目。これは駄目だ。怖い。怖い。何か来る。

イリアスの腕を摑んで、ニコラは必死に頭を振った。

「だめっ、あっ、なんかくるっ、きちゃうっ‼」

「おやおや……魔の世界のものは、快楽に弱いというのは本当か」

何も解らない。目の前でチカチカと火花が散って、全身が硬直しているように震えるのが解る。

もう、駄目。何も考えられない。何も聞こえない。

「だめっ、だめっ、だめぇっ」

「ああ、どうぞ。好きなだけ達しなさい」

低く甘いイリアスの声に、ニコラの意識が真っ白に染まった。

第三章　いろいろバレて恥ずかしすぎる件

魔王の、父の言葉が頭の中で繰り返される。

『人の世界の王に嫁いで欲しい……お前にしかできないことなんだよ』

ニコラにしかできない。ニコラにできることがあった。皆のために、可愛がってくれる皆のために、ニコラができることをしたい。

だって、なんのためにいるのか。可愛がられ、愛でられ、笑うだけの存在なんて必要ないだろう。可愛がられ、愛でられ、笑ってきた分だけ返したかった。

それが、どんなことだって構わない。

どんなことだって、してみせる。

「……んっ……んんっ……」

もぞりと、温かい何かを抱き締めて、ニコラの意識は眠りから引き戻された。

まだ、眠い。ぐりぐりと額を温かい何かに擦り付け、まだ起きたくないという身体を、無理矢理に起こそうとする。

起きないと、ティフォンに怒られる。そう思って身体を起こそうとしたのに、温かい何かに阻まれた。

「もう少し寝ていなさい」

「………」

低く甘い声。耳から入って背筋に抜けるような声だと、ぼんやりとニコラは思う。知っている声に眉を顰め、どこで聞いた声なのか思い出そうとした。

蠟燭の明かりに揺れる影。幾重もの布がかけられた不思議なベッド。ランプの明かりは思いのほか明るくて、身動《みじろ》げば素肌が温かい何かに触れる。

「……いっっ」

「大人しくしなさい」

「いいいいっ、イリアスっ、えっ、あれっ⁉」

がばりと勢いよく起き上がれば、ニコラを抱き締めていた太い腕が腰に落ちる。素肌にイリアスの熱さを感じて驚いて、慌てて距離を取ろうとするのに、腕が身体を離してくれない。

「ちょっ、離してっ……」

腰に巻き付く腕を外そうとして、ニコラは必死でイリアスの腕を持ち上げようとした。重い。動かない。ちょっと大人気ないのではないだろうか。そんなに力を入れて抱えなくてもいいじゃないか。真剣に腕と格闘していると、押し殺したような笑い声が聞こえてくる。

「絶景、かな」

「……はぁ？　何が……ぜ？」

たゆんと、自分の胸が揺れるのを、ニコラは感じて固まった。

昨日の夜がなければ、ニコラは自分の裸を恥ずかしいなんて思わなかっただろう。むしろ、このグラマラスな身体は自慢であって、見せることに躊躇いなんてない。

だけど、昨日、イリアスに触られた。

この目の前の男に、腰を抱いて離さない男に、撫でるだけ撫でられ愛でられた。

「……ぜっ、けい、とか、当たり前じゃないっ」

「おや、赤く染まって美味しそうだね」

「……ばっ、ばっかじゃないのっ」

ここで恥ずかしがるのは負けのような気がする。ニコラは自分が美しいと解っているし、皆にも褒められたから誇らしいとさえ思っている。

いっそ見せつけてしまえと思うのに、イリアスの指が胸に触れそうになった瞬間、ニコラは目の前の男に抱き付いた。

その指は、駄目だ。熱い指に翻弄されたことを思い出す。厚い掌にぐずぐずにされたと思い出す。

思い出さなければ良かったのに、思い出しちゃってニコラは更に真っ赤に染まった。

「ああ、肩まで真っ赤だ。さて、背中はどうかな？」

「ちょっとっ！　見ないでよっ‼」

抱き付けば胸は見られないし触られないと思ったのに、イリアスは楽しげに喉を鳴らしながらニコラの背を撫でる。

こっちは恥ずかしくて死にそうになっているというのに、その余裕はなんだろう。魅了し、翻弄し、誑かすつもりだったのにと、ニコラはイリアスの背中をバシバシ叩いた。

「触らないでっ‼　このっ、エロオヤジっ‼」

「君から見れば歳は取っているからいいが、夜這いに来た子の言う台詞《せりふ》じゃないね」

くつくつと、楽しそうに笑うイリアスに抱き締められて、ニコラの口から吐息が漏れる。

なんだろう。少し痛いのに、気持ちいい。ざわざわと胸がうるさくなるのに、安心する。

でも、だけど。イリアスに抱き締められて安堵しちゃ駄目だろうと、ニコラは頭を振った。

「夜這いはっ……」

それに、夜這いは仕方がないだろう。夜這いしたくて、したのではない。

魔の世界の王からの使命。裏があるのか、ないのか。どちらか解らないのなら、ニコラはイリアスに近付かなければならなかった。

パーティーでは禄《ろく》に話もできなかったから、手っ取り早く楽しそうだと思ってしまった夜這いを選んだ。

「うん?」

「よ、夜這いは、そのっ、アレだからっ‼」

不思議そうな顔をするイリアスに、口が滑ったと焦っても遅い。

理由なんて言えないだろう。言ったら馬鹿だ。いくら今のニコラが羞恥で混乱していても、それぐらいは解る。

「あれ、とは?」

「……パーティーの時に、その、アレだったから」

知られてはいけないと、思えば思うほどニコラの頭は大変なことになった。

どうしよう。どうやって誤魔化そう。どんな嘘を吐けばいいのだろうか。なんて言えば、イリアスを納得させられるのか。

人の世界の王は、きっと聡《さと》い。そうでなければ、長く続いた戦いを終わらせることなどできなかっただろう。

「……ほ、ほら、あまり、話とか、できなかったし」

「ああ。そうだね。君が上手に逃げるから追いつけなかったよ」

「………そ、そう、なの」

パーティーで逃げたことまでバレていて、ニコラはどうしていいか解らなくなる。しかも、それは嘘だろう。追いつけなかったなんて、追いかけても来なかったくせに、何を言っているのだろう。

そっと身体を離してイリアスを見れば、にこにこと機嫌良さそうに笑っていた。いけしゃあしゃあと白々しい。やっぱり、気に入らない。気に入らないけど、なんとなくイリアスの笑顔が怖かった理由なら解った。

笑みの下で、何を考えているのか。心のままに笑っているのではなく、心を隠すために笑っているのか。

たった、一日だ。もしかしたら怖くない笑みも持っているのかもしれないけど、ニコラはイリアスの怖い笑みしか見ていなかった。

本当に苛々する。人畜無害ですと笑っているくせに、何を考えているのか解らないから怖かったらしい。

「だけど、話ができなかったから夜這いというのは短絡的だね」

「………そ、そんなこと、ないし」

「いくらでも時間はあるんだよ？」

「………」

にこにこと、幼くも見える笑みで問い詰められて、ニコラは背中に冷や汗が流れるのが解った。

どうしよう。どうすればいい。どうやっても勝てないだろう。でも、本当の理由を言える訳もない。

確かに、平和のための政略結婚ならば、夜這いなんか考えもしなかっただろう。

どうして翌日まで待たずに夜這いにしたのか、その理由をニコラは必死で考えた。

「……ふ、服が、パーティーって、公《おおやけ》の場で、その、あの服が気になっちゃって！　アレは変だと思うの！　あれじゃ、近寄れないし！　そしたら、ずっと近寄れないし‼」

実際に、あの服はない。本当に、ない。あれは駄目だ。

かなり本気の顔をしていたのか、イリアスを見れば目を丸くしている。

「だ、だって、あんな派手な刺繍で目に痛くってダサいし何枚も着込んでるし！」

「うん」

「あの蛇みたいな龍？　あんな毒々しい色いっぱいで！　普段着だって同じ形と色だったら、ちょっと近寄りたくないし！」

小さな小さな声で、笑っちゃいそうだと、ニコラが言えばイリアスが笑った。

あまりに楽しそうに笑うから、ニコラの方がポカンとしてしまう。でも、そうか。これは心からの笑みだ。

本当に笑う時は豪快に笑うのだと、胸の奥の奥がじわりと温かくなる。だけど、その笑いが自分の切実な訴えだと思えば悔しくなる。

「そうやって笑うけど！　本当に笑っちゃったらどうするの⁉」

「ああ。うん。そうだねぇ」

まだ笑いが収まらないのか、身体を揺らして笑うイリアスをニコラは叩いた。

ぺちぺちと叩いていると、大きな掌がむくれるニコラの頬を撫でる。ゆるゆると優しく撫でて、目を覗き込んでくる。

「それから？」

「………夜に忍んで会いに行くとか……面白そうだったから」

「ふふっ……裸足で廊下を歩いて来るぐらいだからね」

凄く近くで笑うから、深い緑色の瞳が妙に気になった。

ティフォンは青緑だけど、イリアスは黒に傾いた緑色の瞳を持っている。ティフォンが冷たい海の底ならば、イリアスは深い海の底。全てを拒《こば》むような重さに、囚われたら逃げられない深さを感じる。

なんとなく、底知れぬ怖さがあって、ニコラは少し顔を引く。そうすれば、イリアスの無理に整えられた前髪が気になった。

「……あ〜、えっと」

「髪型かい？」

まだ、イリアスは笑っている。本当の理由がバレなくて良かったと思うけど、こうも笑われると恥ずかしくなる。

そんなに面白いことを言っただろうか。服も髪型も、絶対におかしい。夜に忍んで会いに行くのをスリル満点とか言っていた自分は馬鹿だと思うが、イリアスの格好だって大概だと思う。

ちょっと苛々したニコラは、笑いに揺れるイリアスの額に額をぶつけた。

「……変な髪型のくせに」

「そうだねぇ」

こつんと、頭の中で音がしたような気がする。ニコラは少し痛かったけど、イリアスはなんとも思ってないのだろう。

大きな掌がするすると頬を撫でてから、優しく頭を撫でてくれた。

嫌いじゃないけど、好きじゃない。大きな身体は好きじゃなかったけど、こうやって撫でられると大きな掌はいいと思う。いやらしくて意地悪な手だけど、動けないぐらいに抱き締められるのも嫌いじゃなかった。

でも、それを踏み越えてしまうものがある。昨日、ぺたぺたと触った身体は綺麗なラインをしていると思うのに、あの服はない。近くで見れば美丈夫と言ってもいいような気がしないでもないのに、その髪型はない。

一体どんな切り方をしたのか、背から流れてこない後ろ髪を覗き込んで、ニコラは見せつけるように溜め息を吐いた。

「………揃えるなら、もうちょっと、どうにかならなかったの？」

正面から見れば短い髪型に見える。ざんばらの髪を無理矢理整えたみたいになっているけど、そういう髪型だと思えば悪くないと思えなくもないような気がしないでもない。

でも、駄目だ。その背中にある髪を切ってしまいたい。いつもはしっかりと一つで結んでいると解るくせに、伸ばしている意味が解りそうで顔を顰める。

「どうせ……伸ばしていた方が面倒じゃないとか言うんでしょ」

「その通りだね」

にこにこと笑うイリアスに、ニコラはもう一度溜め息を吐いた。

人の世界というのは、そんなにも容姿に気を配らないのだろうか。魔の世界では容姿というのは大事で、地位の高いものほど美しい容姿をしている。

「……ちょっと気になっただけ。もう、慣れた」

「そうかい？　しっかりと切ってもいいのだけど、短い髪は手入れが面倒だよね」

全然ちっともニコラが慣れていないと解っているくせに、呑気《のんき》に笑うイリアスにちょっとだけ殺意が湧いた。

そんなにも面倒だろうか。短い髪なら毎日鋏《はさみ》を入れればすぐに終わる。何よりも、ニコラごときの言葉に揺るがないと言っているようで、悔しいから唇を尖らせる。

「……………わたし、魔の世界にいた時は、一週間に一回は髪を切っていたけど？」

「そんなに長いのに？」

「毛先が揃ってないと気になるじゃない」

物凄くびっくりした顔で見つめてくるイリアスに、こっちの方がびっくりだとニコラは顔を顰めた。

一週間でここまで驚かれたら、毎日鋏を入れたらいいとは言えない。ほんの数分で終わるだろうとか、言っても無駄だと解ってしまう。

でも、少しだけ苛々が消える。ニコラの言葉に揺るがないというよりは、本当に面倒臭いことが嫌いなのか。それもどうだろうと思うけど、苛々した気持ちが消えたことの方がいけないような気がした。

いや、問題ないのか。自分の言葉に揺るがないのは困る。惑わせなければ、もしもの時に困る。

夜這いをかけた理由は言わなくて済んだけど、理由が消えたわけじゃなかった。

平和のための約束なのか。戦いのための布石なのか。魔の世界の王から承った使命に裏はあるのか。

腑抜けて呑気に過ごし、使命の裏も読めないのかと言われるのは恐ろしい。甘やかされて可愛がられ、ただそれだけの存在だったと言いたくはない。

どちらでも大丈夫なように、使命に裏があろうがなかろうが大丈夫なように、イリアスに近付きたかった。

「………」

しかし、どうだろう。しかしとか言ってる場合じゃないのかもしれないけど、しかし、やっぱりと思ってしまう。

この際、使命の裏とか関係なく、もうちょっとどうにかならないのかと、イリアスを見つめた。

自分の隣に並ぶものに、最低限のファッションを身につけて欲しいと思うのは駄目なのだろうか。流行りに敏感になれとは言わないけど、おかしくない程度にどうにかして欲しい。

元は悪くないのだからと、ニコラはイリアスを見つめた。

「美しい瞳で見つめられると穴が開きそうだ」

「……そ、そう」

ゆっくりと、イリアスが起き上がる。頭を撫でられ、片腕に抱き締められていた身体は、一緒になって起き上がる。

座るイリアスの膝の上に座らされたニコラは、少しだけ肌寒くて身を震わせた。

「目も覚めてしまったね」

「……そう、ねぇ」

もう帰りなさいと、言っているのだろう。

ニコラには、今が何時なのかは解らない。この幾重にも布がかけられたベッドでは解らないけど、もう太陽は昇っているはずだ。

帰らなきゃいけない。ティフォンは、部屋にいない自分に驚いているかもしれない。何時なのかわからないけど、説教を覚悟しなければならない時間じゃないといい。

でも、どうしてか、身体が動かなかった。

なんだろう。ちょっと寒いのかもしれない。それとも、この秘密基地みたいなベッドを出たくないのか。ベッドを覆う布から出たら、なんとなく憂鬱《ゆううつ》になりそうな気がする。嫌いな勉強をする前のような。遊びの時間が終わってしまうような。もやもやした寂しさを感じた。

「ニコラ?」

「………ん～」

もぞりと、イリアスの腕の中で身動ぐ。腕から逃れたいのか、膝の上から退きたくないのか、自分でも解らない。

解らなくて無意識に、なんとなく頬をイリアスの胸に預けた。

「どれ、風呂に入れてあげようか」

「…………はい？」

凄く優しい声が降ってきて、ニコラは首を傾げる。ちょっと意味が解らなくて、頭の中で考えてみる。

風呂。お風呂。入れてあげるとは。誰が、誰を、お風呂に入れるのか。

ボンっと、音が出そうになるほど真っ赤になったニコラは、慌ててイリアスの腕から逃げようとした。

「こらこら。綺麗に洗ってあげるから大人しくしなさい」

「いいいいいいらないいっっ‼」

にこにこと無邪気に笑うイリアスから、ニコラはなんとか距離を取ろうとする。じたじたと暴れて、膝の上から落ちるみたいに逃げ出す。

だって、駄目だろう。ソレは駄目だ。

昨日のことが頭を過《よ》ぎる。ベッドの上で身体を撫でられるだけで翻弄《ほんろう》させられたのに、風呂で身体を洗われるなんて駄目だろう。

そういう意味で触られるのなら、翻弄させられた自分が情けないだけだ。

だけど、そういう意味じゃないのに、触られて翻弄されるのは屈辱だ。

それに、胸が痛くなるぐらいに、なんだか悔しかった。

昨夜はあれだけ拒んだくせに、今朝は優しくするのか。ニコラの魅力に落ちたのなら笑えるけど、これは違う。そういうのじゃない。なんだか解らないけど、きっと違う。揶揄《からか》われているのとも違う気がして、ニコラはじりじりとイリアスから距離を取った。

「か、帰る!」

「帰るのかい?」

どこに、と。聞こえない声が聞こえてきたような気がする。

驚いて、慌てて顔を上げて、ニコラはイリアスを見つめた。

深い緑の瞳は、何も変わらず静かに凪《な》いでいる。にこにこと笑った顔も変わってないのに、どうしてか冷たい空気が流れているような気がする。

でも、気のせいだろう。何も変わってないのに空気だけが変わるなんておかしい。ニコラは誤魔化すように、イリアスに答えた。

「……へ、部屋に帰って、お風呂は一人で入る」

「洗ってあげるよ?」

「い、いらないっ!!」

意地悪なのか、本気なのか、本当は揶揄っているのか。イリアスは優しく笑って、顔に出さないから解らない。声も揺れないし、動じないのが苛々してくるから、ニコラはイリアスから目を逸らした。

幾重にも重なった布を睨み付ける。今は何時なんだろうと、考えているとベッドが揺れてイリアスが動いているのだと解る。

何をするのか。びくりと跳ねそうになる身体を押さえていると、近付いてきた腕がニコラの頭に何かを被せた。

「きゃっ⁉　なっ、なにっ⁉」

「ほら、じっとしていなさい」

もさっと、布の塊を被せられて、じっとしている者などいないだろう。いきなり何をしたいんだと文句を言う前に、布がするすると落とされた。

「あの寝間着も可愛らしかったけどね。少し肌が出すぎじゃないかな」

「……お、おっきい、でしょ、これ」

「今度は、そういった寝間着で夜這いにおいで」

イリアスの寝間着を着せられたニコラは、どんな顔をしていいのか解らなくなる。

この、閉じられた閨の中で炷《た》かれている香と、同じ香りがするのもいけない。イリアスの足首辺りまである寝間着なら、ニコラは裾を引きずるだろう。肩だって落ちているし、袖なんか笑えるぐらいに手が出なかった。

でも、嫌じゃないから、困る。大きくて不格好で、ださい寝間着が面白いと感じるなんておかしい。

でもでも、もっとおかしいのは、自分に寝間着を貸したイリアスが、まだ白のシャツを着ていることだった。

何枚、寝間着を重ねているのだろう。馬鹿じゃないのか。寝るのに、どうしてそんなに着込むのか。

そんな馬鹿みたいに着込みたくないけど、着てきた寝間着が気に入らないのなら、イリアスの好みの物を着てもいい。

「……き、着て欲しい寝間着を用意しなさいよっ！」

「それもそうだね」

なんの気負いもなく言うイリアスに、やっぱり苛々はするんだ、とニコラは本当にどうしていいか解らなくなった。

「君は馬鹿か！　馬鹿なんだな！　ああ、僕の育てたニコラは馬鹿だったのか！」

「……ご、ごめんなさい」

イリアスの部屋から朝帰りなんてすれば、ティフォンに怒られると思っていたけど、本当に怒られた。

なんか、色々と考えていたはずだったのに、綺麗にすっ飛んでいく。夜に忍んで会いに行くのは馬鹿だったとか、秘密基地のようなベッドとか、イリアスのことだとか。

あまりに凄い剣幕だったので、さすがにニコラも神妙に聞くしかない。

「昨日の僕の話を聞いていなかったんだね！　嘆かわしい！」

「だ、だから……ごめんなさいって……」

同じことを何度も何度も言っているとは、何時間もティフォンの説教を受けているニコラですら言えなかった。

仕方がない。大人しく聞くしかない。

だって、ティフォンの怒りは冷める気配すらない。もうちょっと頑張って説教を聞かないと、これは収まらないだろう。

部屋に戻ってから説教は始まり、なんとか風呂に逃げたのに扉越しに説教は続き、風呂から出ても説教は続いていた。

ごくりと、ニコラは溜め息を呑み込む。ここで溜め息なんて零したら、説教が数時間上乗せされる。

なにせ、風呂から出て、使用人がいてもティフォンの説教は止まらなかった。

どうやら、イリアスからのプレゼントを持って来たらしい。

薄い青色のドレスはイリアスが着ていた服と似ていて、確かファッション誌で見たオリエンタルなチャイナドレスとかいうのに似ていると思う。

イリアスはゆったりと着ていたが、女性は身体のラインに合わせて着るのが正解なのだろう。

だからなのか、服と一緒に針子が控えていて、まるで魔法のようにドレスを詰めて出ていった。

もちろん、ティフォンの説教は続いたままだ。

「どうして夜這いなんてっ！　結婚式が済むまで純潔を守れと言っただろう！」

「あ、最後までしてないし……」

「馬鹿じゃないのかっっ‼　男の寝間着を着て帰ってきた時点で、既に遅いっっ‼」

ぐるるると、ティフォンは腹の底から怒りの音を出している。でも、ぐるるると、ニコラの腹の虫も鳴いている。

人の世界で気に入った太陽は部屋の中を明るくし、どれだけの時間、説教されたか教えてくれた。

たぶん、昼にはなっているだろう。もしかしたら、昼ご飯の時間も過ぎているかもしれない。

でも、ティフォンの説教は止まらなかった。

ここまで怒られたのは、いつぶりだろうか。小さな頃、部屋の中で焚き火をしようとした時以来かもしれない。あれは、城の外に出られないニコラにとって、とても楽しい想い出だったがティフォンの説教が漏れなくついてくる。

絵本や雑誌や写真ぐらいしか外を知らないニコラは、絵本にあった通りに木を積み上げて蠟燭を摑んだ。点火する前に止めてくれて本当に良かった。今ならばそう思うけど、あの時はどうして点火するまで待ってくれなかったのかと思っていた。

「……何がなんでも、人の世界の王と結婚してもらうからな」

「…………え？」

「さぁ、ニコラ。ランチだ。イリアスと一緒にランチを頂こう！」

本当に本当にどうでもいい昔を思い出していたから、今のティフォンの言葉を聞き逃してしまった。

昨日、思い切り聞き逃して、今この通り怒られているのに、聞いてなかったとは言えないだろう。今、なんて言ったのか。何を言おうとしたのか。聞きたくても聞けそうにない。

それに、今は腹の虫も鳴っていることだし、ランチが食べられるのならいいかもしれないと思ってしまう。

正座させられて痺れた足を撫で、ニコラはティフォンの後について部屋を出た。

「人の世界の食事も、そんなに変わらないねぇ」

「そりゃぁ、そうだろうとも。ただし、食材は変わると思うよ。僕はコドミの実が食べたいけど、そうも言ってられないだろうし」

「でも、お肉は美味しいと思う」

ドレスに合う靴がなかったので、白いサンダルを履いて廊下を歩く。薄い水色の靴なんて持ってない。せっかく、贈られたドレスなんだから、色を合わせた靴を魔の世界から送ってもらおうかと、階段を下りる。

「……ねぇ、ティフォン」

「なんだい？」

「どこで食事をするのか聞いているの？」

人の世界の王が、どの部屋にいるのか知っていたティフォンに、ニコラは首を傾げた。

昨日、人の世界に来たばかりだ。それからずっと、ティフォンはニコラと一緒にいる。夜中、イリアスに夜這いをかけた時は離れていたけど、それ以外は一緒にいたのにどうして知っているのだろう。

「匂いでわかる」

「………そうきたかぁ」

パーティーの時も、ティフォンは喋ってなかった。誰かに聞いたのかと思ったけど、そうでなくて匂いとは思い付かなかった。

凄いというか、便利というか。それで人の世界の王の部屋まで解るのだから、どれだけの嗅覚なのだろうか。魔の世界にいた時にはティフォンの嗅覚なんて気にしなかったのにと、そんなことを考えていたら前から足音が聞こえてきた。

「やぁ！　人の世界の王。イリアス。挨拶が遅れたね。申し訳ない」

気付けば、ティフォンはニコラの前に出ている。

足音が聞こえるか聞こえないかというところで、ティフォンは誰が歩いて来たのか解ったのだろうか。それとも、足音が聞こえて来る前に、匂いで解ったのだろうか。ティフォンがイリアスの名を出さなければ、誰が歩いて来たのか、ニコラには解らなかった。

だって、おかしいだろう。

前から歩いて来るのがイリアスだと、姿を見る前に気付くのはおかしい。

階段を下りて、少しだけ廊下を歩いたから、この階はニコラが寝泊まりしている階ではない。ニコラの部屋の階の奥にイリアスの部屋もあるのだから、後ろから来るなら誰だか予想がつくけど、前から来るのが誰なんて予想もできない。

でも、当たり前だけど、食事か。どこかで用事を済ませ、昼食を取るためにこの廊下を歩いていたに違いない。

「……………おや？」

「僕はティフォン。ニコラのお付きとして人の世界に仕《つかまつ》った」

のんびりと、イリアスはティフォンとニコラを見ながら歩いて来た。昨夜と今朝に、散々に言ったせいか、イリアスの服は色が落ち着いている。濃い青というか、黒に近い青の地に、裾に銀糸で鳥のような刺繍が施されている。だけど、やっぱりゆったりとした服で、布の中で身体が泳いでいた。

「……これはこれは。私は人の世界の王。イリアス。こちらこそ、挨拶が遅れて申し訳ないね」

「人の世界の王という立場が、お忙しいと解っているさ」

この城の廊下が狭いと思ったことはないが、ニコラは初めてこの廊下が狭いと感じる。天井も高いし、充分な幅もある。硝子窓から差し込む太陽の光は明るく廊下を照らしているのに、なんでこんなに息苦しいのだろう。

「……しかし、驚いた。君は話せるのだね」

「もちろんだとも。僕は君達が戦っていた下級の獣ではないからね」

穏やかに笑うイリアスと、そつないティフォンの挨拶に、ニコラは首を傾げた。なんだろう。何がおかしいのだろうか。それにしても、イリアスの服はおかしい。色は悪くないのに、どうしてぶかぶかなんだろうか。イリアスは身体が大きいのだから、しっかりと身体のラインを見せた方がいい。そうだ。体格もがっしりとしているけど、こうやって立っているのを見ると高い身長に目がいく。

だって、ティフォンが猫に見えた。

ニコラと並ぶと大きな猫に見えるのに、イリアスと並ぶと普通の大きさの猫に見える。実際にティフォンは猫なのだけど、普通の猫よりは大きくて、なのにイリアスと並ぶと普通の大きさの猫に見える。普通の猫に見えるティフォンは珍しいような気がする。いや、ティフォンは猫だけど。説教の長い猫だけど。

そっと、自分の腹を掌で擦ったニコラは、お腹が減り過ぎて思考が散漫になるのだと身をもって知った。

まだ、イリアスとティフォンの話は終わらないのだろうか。そろそろ腹が鳴りそうで怖い。変な服のイリアスと、普通の猫に見えるティフォンを見て、ニコラは溜め息を呑み込んだ。

そういえば、人の世界の猫は見たことがない。四つ足の獣はいるらしいけど、どんな感じなんだろうか。人型だって違うのだから、やっぱり獣も違うのだろうか。

魔の世界でも、ニコラは城を出してもらえなかった。色々な種類の獣がいるらしいと、誰かに聞いたり本で見るしかない。魔の世界の王のパーティーに来ることができる四つ足の獣など、ティフォンの他には竜ぐらいしか知らなかった。

「……ほら、ニコラ。君からも言ってくれ」

「…………はい？　何？　え？」

「君、また聞いてなかったね？」

突然、ティフォンに話しかけられて、ニコラは目を丸くする。じろりと、ティフォンが睨んでくるけど、思わずニコラは唇を尖らせてしまう。

だって、今のはティフォンとイリアスの挨拶というか会話であって、自分に向けた説教じゃないだろう。そんな挨拶合戦を聞いてなくても仕方がないじゃないか。むしろ、思考が散漫になるぐらいお腹が減っているのだと、ニコラがティフォンを睨み返すとイリアスの苦笑する声が聞こえてきた。

「まぁまぁ、ティフォンが猫だと言うから、俄《にわか》には信じられないと話していたんだよ」

「え？　猫でしょ？」

何を当たり前のことをと、ニコラはイリアスを見ながら首を傾げる。

ティフォンが猫じゃなかったらなんだというのか。でも、そういえば人の世界の猫を見たことがないと考えていた。

「猫なのかい？　人の世界では、ティフォンぐらいの大きさだと豹《ひょう》と言うかな」

ティフォンを豹だと言うイリアスの言葉に、ニコラは驚く。

「豹はもっと大きいでしょ？　この天井よりも大きいんじゃない？」

やっぱり、人の世界と魔の世界は違うのだろう。どのぐらい違うのか気になるけど、イリアスが珍しく眉を顰めるから、ニコラは更に驚いた。

不思議そうというよりは、不機嫌そうな顔は初めて見た。いつも、にこにこ笑っているから、笑わないと怖いのだと知る。

「猫がお付きだと聞いていたが……そうか。ティフォンは猫なんだね」

「人の世界としては、僕のような猫が来るとは思わなかったんだろう？」

「……まぁ、そうだね」

じんわりと、周りの空気の温度が下がった。

ティフォンの声に棘《とげ》を感じる。イリアスも一応口角を上げたが、笑い顔とは呼べない怖いものになっている。

なんだろう。どうしたんだろう。もしかして、聞いてなかった会話に何かあったのだろうか。でも、聞く勇気はない。こんな空気の中で、声を出す勇気すらない。

ちょっと怖くなって一歩下がろうとしたニコラの腹が、ぐるるるっと鳴った。

「…………えっと、ごめんなさい」

冷たかった空気が凍る。ピシリと、音を立てて凍った気がする。イリアスとティフォンの視線が腹に向かうから、ニコラは顔を真っ赤にして腹を押さえた。

「っふふ……お腹が空いたのかい？　可愛らしい音だ」

「……申し訳ない。とんだお転婆《てんば》で」

「お、お転婆とか関係ないでしょ！　お腹空いちゃったんだから……」

物凄く気まずそうに顔を顰めるティフォンと、本気で笑い過ぎて腹を押さえるイリアスに、ニコラはどうしていいか解らないから二つの背を叩く。ティフォンもイリアスも平等に叩いて、唇を尖らせたままでいる。

冷たかった空気が消えたのはいいけど、自分の恥ずかしさと引き替えなんて喜べるはずもなかった。

でも、仕方がないじゃないか。本当にお腹が空いている。物凄く空いている。

そんなニコラの気持ちが通じたのか、イリアスは少し下がってから、大きな扉を開けてくれた。

「ああ、すまなかったね。ほら、食事にしよう」

「ニコラ。痛いよ。背を叩くんじゃない」

「いいからっ！　お腹すーいーたー！」

三つの影が先に食堂に入って、ニコラの腹を直撃するような匂いが届いた。

テーブルの上に並べられた食べ物に、ニコラは目を輝かせる。だけど、魔の世界と同じような食堂の作りなのに、たった二人分しか食事が並べられていないから首を傾げる。

「ティフォン」

「なんだい？」

「ティフォンの食事はどこにあるの？」

猫は食べられない物があるから献立は違うが、いつもは低めのテーブルに用意されていた。

魔の世界の王よりも長く生きているティフォンは、子供の頃のニコラ並みに優遇されている。ティフォンが食事をするテーブルは綺麗な琥珀《こはく》で作られていて、子供の頃に羨ましいと言って同じテーブルについたこともある。

「……猫、だと聞いていたからね。人の世界の猫と同じように考えてしまったよ」

「おやおや。人の世界の王ともあろう者が、調べもしないとは軽率だね」

「…………」

食堂前の廊下での空気が、美味しそうな匂いのする食堂に流れた。

もったりと、重い雰囲気に息が詰まる。ティフォンとイリアスは、空気や温度を変える魔法を使えるのだろうか。純粋に凄いとは思うけど、今はいただけない。ニコラは本気で腹が減っていたから、視線と言葉だけで部屋の空気を変えられては困ってしまう。

きゅっと、拳を握る。

美味しい食事をしたいから、この空気は邪魔でしかなかった。

「……ティフォン。わたしの、あげるから。一緒に食べよ？」

本当に腹が減っている。ニコラは物凄く腹が減っている。昨日の夜のパーティーでは、ほとんど食べ物を口にしなかったのに、朝はティフォンの説教で食べていない。

お腹減ったと顔に出して言えば、ティフォンとイリアスは苦笑して、重い雰囲気を消してくれた。

「そうだねぇ。では、ニコラと一緒にいただこうか」

「そうそう。一緒に食べよ」

長いテーブルの上座と、その隣というか角を挟んだ横に食事が並べられている。上座にはイリアスが座るのだろう。上座から角を挟んだ隣に腰かけたニコラは、ティフォンのために上座から遠い隣の椅子を引く。

オレンジ色のスープに、野菜のパテ。すぐに近寄ってきた使用人に、果物のジュースを注いでもらった。

「ティフォン。駄目そうなのある?」

「これは問題ないよ」

人の世界だと何が駄目なのか解らないけど、きっとティフォンには解っているのだろう。鼻も近付けていないのに、ニコラの隣の椅子に座って機嫌良く尻尾を立てている。

ならば、大丈夫だろうと、ニコラはパテを半分に切って、ティフォンの口に運んだ。

「どうかな?」

「君も食べたまえよ」

ティフォンの大きな口と違うから、一口大に切ってフォークを刺す。綺麗な色に整えられた野菜のパテを見て、なんとなく違和感を覚える。

なんだろう。食事か、景色か。それとも空気だろうか。

ふと、上座の方を見ればイリアスがいなくて、ニコラはきょろりと周りを見渡した。

「……イリアス？」

「うん？」

ティフォンと一緒になって空気を重くした場所に、イリアスはまだ立っている。この部屋の扉の前。テーブルから少し離れた場所で、自分とティフォンを見ている。

「食べないの？」

「ああ。そうだね……魔の世界の偉大なる猫に、同じ食事を」

イリアスの言葉を待っていたかのように、さっとティフォンの前に食事が並んだ。

綺麗に食器まで並べられるのを待って、イリアスは上座に座る。座ってもティフォンを見ているから、ニコラは首を傾げた。

そんなにも珍しかったのだろうか。人の世界の猫は喋らないようだし、かなり違うのだろう。大きさもティフォンより小さいのなら、猫がテーブルについて食事をするところを見たかったのだろうか。

不思議に思っていると、ティフォンに近付いた使用人が驚いた顔をしていた。

そうか。やっぱり珍しいのか。びっくりするのか。ティフォンがグラスで水を飲むと言ったただけで、使用人が動揺しているのが解る。慌ててグラスも用意され、少し震える手でティフォンの水が用意されるのを見た。

「ティフォンは、グラスで水を飲むのかい？」

イリアスも驚いたらしく、上座から声が聞こえてくる。ちらりとニコラがイリアスの様子を窺えば、目を丸くしているから笑ってしまいそうになる。

「お酒も飲めるもんねぇ……ずるいとわたしは思う」

「ニコラ。パテをフォークに刺したままなのは下品だよ」

すちゃっと、ティフォンは両前足で、水が注がれたグラスを目の前まで運ぶ。グラスをテーブルに置いたまま、一本だけ器用に爪を出して、飲み口に引っかけ、口に運ぶ。

ニコラは見慣れているけど、人の世界のものは違うのだろう。

皆がティフォンに注目している間に、ニコラはパテを口に入れた。

「……人の世界の猫とは、本当に違うね」

「同じだと思われるのも遺憾《いかん》だね」

「あ、トマトのパスタだ！　美味しそう！」

パテを全て食べてから、ようやくニコラは違和感の元を知る。

食べ慣れた味だった。この食材は、きっと魔の世界から取り寄せたものなのだろう。

なんでわざわざ、と思わなくもない。でも、別に不思議はないのか。ホームシックなんて言葉もあるぐらいだし、食事ぐらいは魔の世界のものをと思っているのかもしれない。

トマトの酸味とバジルの香りが鼻から抜けて、ニコラはふにゃりと顔を蕩《とろ》けさせた。

「……美味しいかい?」

「ん。トマト好きだから」

「ニコラ。言葉遣いを直しなさい」

ティフォンの声に、ニコラは少しだけ背筋を伸ばす。あれだけ魔の世界にいるのではないと言われていたのに、どうしてかイリアスの前だといつもの口調になってしまう。

だけど、なんとなく、理不尽な気がした。

全部が全部、自分のせいだろうか。イリアスが意地悪をするから口調だって気にする暇がなかった。あんなことをされたのだから、罵倒ぐらいしてもいいじゃないか。罵倒すれば口調だって簡単に崩れてしまう。

そんなことを思い出せば、昨夜イリアスに何をされたかも思い出して、ニコラは顔を赤くしながらもくもくと口を動かした。

「ああ、遅れてしまって申し訳ないね。よく似合っているよ」

「………え?」

皿を睨み付けていた目を、イリアスに向ける。優しく微笑まれて、思わず首を傾げる。

一瞬、意味が解らなかった。

「私が贈った服」

「あ、ああ。それね……あ、りがと」

次の皿は魚のグリル。美味しそうに焼かれているのに、悔しいけど食欲が少なくなるのが解る。

にこにこと、楽しそうに笑うイリアスに、ニコラは少しだけ唇を尖らせた。

そんなのは解っている。ニコラはなんでも似合うし、そう言われていた。なのに、どうして気になるのだろう。

白いサンダルで良かったのだろうか。チャイナ風ドレスなんて持っていないから、アクセサリーも何を合わせるのか解らない。もうちょっと、魔の世界から持ってきた靴に合わせた色が良かったと、ニコラは心の中でイリアスを罵倒した。

震えそうになる指を叱咤《しった》して、魚を口の中に入れる。パリパリに焼かれた皮と柔らかい魚の身が口の中で崩れ、ハーブも同じ魔の世界のものだと解っても、残念だけど味はよく解らなかった。

「ニコラ」

ティフォンの声に、イリアスから視線を外す。口調を窘《たしな》められ、ようやく震えが治まってきたような気がする。

どうして、ドキドキするのだろうか。慣れた褒め言葉でも、どうしてか焦ってしまう。

魔の世界の王から承った使命を、果たさなければならないと緊張しているのだろうか。だから、イリアスが特別なのかと、ニコラは納得しようとした。

なのに、甘やかすような低い声が、ニコラの耳を擽る。

「私は気にしないよ。くだけた口調の方が可愛らしいからね」

「そうやってニコラを甘やかさないで欲しいんだけどね」

「そうかな？　怒った声も、拗《す》ねた声も可愛らしいよ」

せっかく、震えが落ち着いたのだから見るつもりはなかったのに、思わずニコラはイリアスを見て後悔した。

笑っているけど、笑ってない。アレは絶対に昨夜のことを思い出している。ニコラだって思い出したりしたけど、そんな風に教えるように言うのは駄目だろう。

二人きりならいい。いくらでも叩けるし、罵倒して抓《つね》ってもいい。でも、ここは食堂で、隣にはティフォンがいて、使用人だっていっぱいいる公の場だった。

「……わ、わたしが可愛いとか、当たり前、だから」

「うん。そうだね」

目の前に出された緑色のジェラートを、慌てて睨んでスプーンを握る。これはピスタチオのジェラートだろう。上にピスタチオが載っているから間違いない。

物凄く好きなジェラートなのに、魚のグリルのように味がしなかったら、今度イリアスを叩こうと思った。

　スプーンで掬《すく》って、ぱくりと口に入れる。冷たいジェラートは口の中で溶けるけど、震える指を止める方が気になって味がしない。

　悔しい。物凄く、悔しい。

　好きなジェラートだから悔しくて、スプーンを口に咥《くわ》えてしまう。

「ニコラ。行儀が悪いよ」

「ん〜」

「まったく……ほら、口の端についているじゃないか」

　ぺろりと、ティフォンは長い舌で、ニコラの唇の端を舐めた。

　ざりざりと痛いぐらいの舌は慣れているから気にならない。それよりも、ジェラートだろう。ティフォンの目の前にも、同じジェラートがある。きっとティフォンには、木の実の濃厚な味が解るのだろうと、少し悔しくなる。

　思わず恨みがましい瞳でティフォンを見れば、上座から少し硬い声が聞こえてきた。

「おやおや。どちらが行儀が悪いのかわからないね」

「……すまないね。ニコラが産まれた時から一緒にいるもので、こういったことも慣れてしまったよ」

　ずしんと、空気が重くなる。またか。やっぱり魔法なのか。空気や温度や重力を変える魔法とか凄い。

できれば教えて欲しいけど、今の行動と会話のどこに魔法が発動したのか解らなかった。ティフォンの言う通り、顔についた食べ物を舐められるのには慣れている。だって、ティフォンは猫だ。指で取れないのだから舐めるのは仕方がないだろう。

でも、そうか。ティフォンだから気にならないけど、もしもイリアスに同じことをされたら、ニコラは真っ赤になって罵倒する。人の形がいけないのか。それとも、付き合いの長さが関係するのか。どちらにしても、何も知らないイリアスが見て、おかしいと思うのも不思議はなかった。

「お付きではなく、乳母だったのかい？　それは失礼した」

「戦いも終わって、協定を結ぶ相手の魔の世界を調べもしない君には解らないのかもしれないね？」

だけど、そんな簡単に魔法を使うのはどうだろう。

じりじりと温度が下がり、じわじわと重力がかかる。ティフォンとイリアスの周りには魔法独特の空気の流れがあって、ニコラには声を出す勇気が出なかった。

さて。どうしようか。どうしようもない。どうにもできないだろう。

口を出す勇気を綺麗さっぱり消したニコラは、もたもたとジェラートを口に運んだ。

冷たいジェラートが口の中でとろりと消える。段々と味覚が戻ってきたのは、ティフォンとイリアスを放っておくと決めたからだろうか。ピスタチオのジェラートはとても美味しくて頬が緩む。

鼻を抜けていく木の実の香りに、もったりとした重い甘さ。そういえば、魚のグリルは勿体なかった。あれも美味しかっただろう。魔の世界の食材だったのか、慣れた味だからこそ美味しさは解る。

ならば、人の世界の食べ物は、どんな感じなのだろうか。ニコラは美味しいものが好きだ。魔の世界で、城から出られなかったせいか、食べ物は贅沢に与えられたと思う。

今度は人の世界の食事もしてみたいと思いながら、ニコラはスプーンを咥えてティフォンとイリアスを交互に見つめた。

実は、ニコラが魔法を見たのは三回だけだ。パーティーの余興として、ニコラが望んだから見せてくれた。他愛のない魔法だったけど、凄く驚いたのを思い出す。グラスを溶かす魔法と、閉じられた空間に火花が散る魔法と、箒《ほうき》で空を飛ぶ魔法。

そんなことを首を傾げながら思っていれば、ティフォンとイリアスが同時にニコラを見つめた。

「エビチリだよね！　ニコラ！」

「八宝菜の方がいいじゃないか。ね、ニコラ」

「………え？」

意味が解らない。解らないにもほどがある。最初の会話から、一体どこに向かえば、そんなところに着地するのかと、ニコラは目を丸くした。

またしても、ニコラが思考の海に沈んでいる時に、会話がどこか遠くへ飛んでいってしまったのだろうか。同意を得たい気持ちは解るのだが、どうしてそうなるのか解らないからニコラは引き攣《つ》った笑いを浮かべる。

でも、どうして、エビチリと八宝菜なんだろう。

ちょっとわけが解らないと首を傾げれば、ティフォンとイリアスは同時に溜め息を吐いた。

「……君は本当に話を聞かないね。すまない、イリアス」

「……いや、そういうところも可愛いと言っておこうか」

「……実は仲良いでしょ？」

咥えたままのスプーンをがじりと噛んで、ニコラはティフォンとイリアスを交互に睨み付ける。

また、ティフォンに行儀が悪いと言われたけど、話を聞くつもりはない。イリアスはスプーンを噛んだら歯を悪くすると言っているけど、更にどうでもいい。

話が落ち着いたと思ったのか、使用人が飛んで来て珈琲《コーヒー》を注いでくれた。

「ああ、そうだ。ニコラを少し借りてもいいかな？」

「もちろん構わないよ」

「………どうしてわたしにきかないのかなぁ」

横に添えてあるミルクと砂糖を珈琲に入れて、うんと甘くする。咥えていたスプーンはジェラートの器に戻し、珈琲スプーンで掻き混ぜる。

「ほら、ニコラ。イリアスとデートしてくるといい」

「……でっ」

「精一杯、エスコートさせてもらうよ」

赤くなった頬を隠すように、ニコラは甘い甘い珈琲を飲んだ。

第四章　甘くて甘くて、いじわる

魔の世界と人の世界は違う。

どう違うのか、ニコラには解らない。だって、魔の世界ですらあまり知らない。城から出してもらえなかったから、こういうのは嬉しかった。

「イリアス！　これは何？」

「うん。山茶花《さざんか》だね」

庭を見に行こうかと、ニコラの腕を引いたのはイリアスだ。

だって、他にすることがない。何をしたいのかと聞かれて、最初に浮かんだのはチェスやカードだったけど、イリアスに勝てる気がしない。負けると解っていて遊ぶ気にはならなくて、うんうん唸っていたら腕を引かれた。

「……昨日の、イリアスの服に描かれていたアレ？」

「それは、牡丹《ぼたん》だね」

城の大階段を下りた大きなホールの先に大きな扉がある。扉を開ければ大理石の階段があり、下りれば石畳の道がある。

道は門から真っ直ぐ続いているのではなく、真ん中にある庭園を迂回《うかい》するように塀に沿って造られていた。

でも、道から塀が見えるのではなく、背の高い木々が塀を覆い隠している。そこに入ろうとは思わなかったけど、ちょっと森のようで面白そうだ。道から木々を見ても、塀が見えない。身体を斜めにしても、玄関から門は見えない。

イリアスはニコラの手を引いて、玄関の正面にある庭園に連れて行ってくれた。

石畳の道。背の高い木々。太陽が照らす庭園は綺麗で、ニコラは初めて見るものに目を見張る。美しく整えられた庭園は色々な草花が咲き乱れ、こうやって庭に来なくても楽しめるのだと解った。

高い階からなら、この庭が模様を描いていると解るだろう。規則性がないように植えられた草花は、色すら規則性がないように思える。

「なんだか、迷路みたい……」

「そうだよ。迷路になっているから、私から離れてはいけないよ」

思い付いたことを言ったのに、返ってきた言葉にびっくりした。

振り返ると、イリアスはにこにこ笑っている。当然だと言うように、単に事実を述べたという顔をしている。

少しだけイリアスから離れて前を歩いていたニコラは、ゆっくりと立ち止まった。

立ち止まるニコラに、イリアスが近付いてくる。揶揄っているのではない。驚いたニコラを、笑っているのでもない。ならば、迷路なのか。上の階から見て、紋章でも象《かたど》っているのだと思っていたのに、迷路なのか。

不思議に思って首を傾げると、イリアスは優しく笑った。

「……本当に、迷路、なの？」

「迷路だよ。敵の侵入を阻むものだからね」

こんなにも綺麗なのに、戦うことを考えて造られているのかと、ニコラは色とりどりの花を見る。

魔の世界の城に閉じ込められていたニコラにとって、戦いというのは遠いものだった。誰かから聞くものであり、書物を見て感じるものでしかない。父は魔の世界の王だからこそ、城から出ない。兄姉も怪我なんてしないし、血生臭いものはニコラから遠ざけられていた。

だから、解らない。なんだろう。悲しいのか、悔しいのか、勿体ないのか解らない。目の奥が痛くなって、視界がぐらりと揺れる気がした。

「……迷路を、見たのは初めて」

「そうか」

魔の世界と人の世界が戦っていたのは知っている。でも、ニコラは知っているだけで、何も感じていない。

ここでも、戦いがあったのだろうか。それとも、ここまで戦いが来なかったから、こんなにも綺麗な庭が残っているのか。

酷い戦いだったと、聞いている。無残な戦いだったと、無駄な戦いだったと、誰かが言っていた。

何もしていない自分が、何かを思っても仕方がない。そんな資格はないだろう。ニコラは何も失っていないし、どこも傷付いていない。戦いの理由も知らないし、戦いの辛さも知らないし、戦いの残酷さだって知らない。

でも、なんて言っていいのか解らなくて、赤い花から目を逸らしてイリアスを見た。

「……わたしが産まれた時、もう人の世界と戦っていたの」

「そうだろうね」

優しい微笑みだと思う。今のイリアスが浮かべているのは、自分を哀れんでいる笑みなのかもしれない。

「だから、わたしは城の外に出たことがないの」

すうっと、目の前が暗くなったような気がした。

ふわふわと、柔らかい何かを踏んでいる気がする。踊るように足を動かし、この眩《まぶ》しすぎる太陽がいけないのかと目を細める。

「ずっと城の中に？」

「ずっと、城の中だった……」

何一つ不自由はなかったけど、本や写真で見る外の世界に憧れた。

ないから、欲しいのだろう。手に入れられないから、求めるのだと解っている。実際に外に出たら落胆したかもしれないと、ニコラは城の中で思っていた。

きっと、イリアスに、自分の気持ちは解らない。

可愛がられるだけで、何もできないニコラの気持ちは、イリアスには解らない。

「イリアスは戦ったんでしょ？」

「そうだね」

「怪我はした？」

「したよ」

戦い、治め、平和を勝ち取ったイリアスには解らないと、ニコラは笑った。

慰めて欲しいわけじゃない。甘えたいわけでもないし、諭されたいわけでもない。ただ、一つだけ、確実に解ったことがある。

ニコラの使命が解るまで。魔の世界の王から承った使命に裏があるのかないのか、それが解るまで。ニコラはイリアスに心を許しちゃいけないとだけ解った。

だって、イリアスは危険だと思う。

初めて見た時は、好きじゃなかった。嫌いではなかったけど、好きじゃなかった。夜に忍んで会いに行っても簡単に拒まれて、意地悪で優しいのだと教えられる。

一緒にいた時間は一日分ぐらいだろう。

なのに、こんなにもニコラは心を許している。

「……人の世界は、人は、魔法を使えるの？」

「魔法は、魔の世界のものだろう？」

「…………ふぅん」

イリアスが魅了の魔法をかけているのなら納得できるのにと、ニコラは深い緑の瞳から目を逸らした。

声が、いけない。きっと。たぶん。声じゃないかなって、思う。

だって、イリアスは物凄くニコラに優しいのではない。魔の世界にいた時の方が、余程甘やかされて優しくされて可愛がられたと思う。

なのに、イリアスが気になった。一日分ぐらいしか一緒にいない相手が、気になって仕方がないとか、ニコラだっておかしいと思う。

「ニコラ？」

「……なぁに？」

イリアスに名を呼ばれて視線を戻したニコラは、視界が大きく揺れるのを感じた。

ぐらりと、世界が揺れる。足下が急に柔らかくなったように、身体がぐにゃりと傾く。どこか遠くで聞こえるのは耳鳴りだろうか。キーンという高い音に交じって、イリアスの焦った声が聞こえてきた。

「すまない！　大丈夫かい？」

「……ぐらぐら、する」

簡単に抱き上げられて、ニコラは口元を押さえる。イリアスの腕に落とされるとは思わないけど、なぜか物凄く不安になった。

なんだろう。どうしたんだろう。具合は悪くなかった。食事も美味しく食べられたのに、急にどうしたんだろう。

「魔の世界の者が人の世界に来ると体調を崩す、と聞いたことがある」

「……そ、なの？」

「青い顔をして……無理に喋らなくていい……」

大きな身体に似合いの長い脚のせいか、イリアスはニコラと歩いた時よりも早く庭を出て城に戻った。

イリアスの声がニコラの頭でぐるぐると、回る。

魔の世界と人の世界は相容れないが、嫁いで来るぐらいだから大丈夫だと思った。まさか外の空気を長い時間吸えないとは知らなかった。

色々な言葉が聞こえてくる。

すまない、と。謝る声だけやけに響いて、ニコラはイリアスに凭《もた》れかかった。

謝らなきゃいけないのは、自分の方かもしれない。だって、ニコラはイリアスを裏切るかもしれない。

頭の片隅で、謝られたことを嬉しく思う。これで自分が優位に立てるのだと、魔の世界の王に報えるのだと喜んだ。

でも、少しだけ、ほんの少しだけ。頭の奥の奥の方で謝る自分もいた。

「……あぁ、だいぶ、らくになってきたから」

ぐらぐらと揺れるのは、目眩のせいだけじゃないだろう。城に戻って大階段を上り、廊下を歩いているのだから、イリアスの身体が揺れている。

硝子窓から差し込む太陽の光が眩しくて、ニコラは少し顔を顰めた。

「まだ顔色が悪い。もう少し目を閉じていなさい」

「……かほご、だなぁ」

嗅《か》ぎ慣れてしまった香の香りがする。目を閉じていたって解る。きっと、もう、イリアスのベッドに寝かされているのだろう。

まだ、布はかかったままなのだろうか。夜だけじゃなくて、太陽のある明るい時間も、布をかけたままにしているのか。

イリアスのベッドは好きだ。まるで秘密基地にいるみたいで、なんだか秘め事のようで、ドキドキわくわくする。

でも、大きな掌が、ニコラの瞳を隠していた。

もう大丈夫なのに、そんなに心配しなくてもいいのに、イリアスはニコラの瞳を温めるみたいに掌を置いている。

「……も、ぐらぐら、しないよ？」

「掠れた声も治っていない……眠れないのかい？」

「……おきて、ごはん、たべた、ばかりだし」

実際は起きてからティフォンの説教を受けていたけど、昼ご飯を食べてすぐに寝るのは無理だと苦笑した。

大きくて厚い掌は安心するけど、眠りを連れてくるほどじゃない。あまり心配されるぐらいなら寝てしまいたいのに、まだ眠気は遠い。

「……ねぇ」

「薬も合わない可能性があるね」

「……ねぇ、ってば」

ガチャリと、硝子が立てる音が聞こえてきた。

もう目眩も気持ち悪さもないけど、硝子の立てるカチャリという音は耳障りで、ニコラの眉が少し寄る。掌の下で顔が歪んだのが解ったのか、少し音は小さくなる。

「私の責任だ。本当にすまないね」

「……も、だいじょぶ、て、いってるじゃ……」

やわりと、唇に何かが触れた。

柔らかな何かが唇に擦り付けられ、濡れている何かが唇の狭間を行き来する。喋っている途中だったから、微かに開いた口に何かが入ってくる。

イリアスの唇と舌だと、解った瞬間に頬が熱くなった。

「……んぅ」

生温い水が、口の中に入ってくる。冷たくもなく、熱くもない。体温と同じ生ぬるさに、ニコラは悪寒を感じる。

んくっと、口の中の生温い水を必死に呑み込んで、零した吐息をイリアスに呑み込まれてしまった。

「んんっ……ん……」

昨日、あれだけ翻弄させられたのに、キスは一回もしていない。身体中を触られたけど、唇を重ねてはいない。

ニコラの初めてのキスは、生温い水の味がした。

「……ふぁっ……い、いりあ、すっ……んっ」

イリアスがグラスから水を口に含むところを見てしまう。濡れた唇から目が離せなくて、どこか呆然とイリアス以外の周りを見てしまった。

何も、変わらない。昨日と、同じ。

布は捲《めく》り上げられていて、太陽の明かりに照らされた部屋が見える。ほんの少し視界に入った程度だけど、昨日思った通り部屋の作りは同じような気がする。

「ね、いり……ぅんっっ」

イリアスの深い緑の瞳に見つめられ、ニコラは咄嗟《とっさ》に口を閉じた。

だって、また、生温い水を飲まされる。初めてのキスの味は、ニコラの心に引っ掻き傷を作るように染みそうな気がする。

綺麗じゃない。生々しい。キスなんてものは、そういうものだと教えられる。

頭の中で考えていても無駄だと、話を聞いて書物を読んで知った気になっていても無駄だと、突き付けられているような気がした。

魔の世界の王が言う。人の世界に嫁いで欲しいと、ニコラに言う。

平和のための約束ならばいい。もしも、戦いのための布石ならば、自分は本当にイリアスを誑かせるのだろうか。

魅了し、虜にし、意のままに操る。最悪の事態になれば、イリアスの胸を刃物で貫き、息の根を止める。

できると、思っていた。

簡単だと、思っていた。

想像すればできたから。頭の中では簡単だったから。自分がどれだけ何も知らなかったのか、経験して初めて教えられた。

「んーっ……んんっ……」

イリアスの濡れた舌が、ニコラの唇を舐める。近すぎて焦点の合わない視界を合わせれば、それだけで頭が痛む。底のない深い緑の瞳に見つめられたまま、ニコラは震える口を少しだけ開いた。

まるで、いい子だと褒めるように、イリアスの舌はニコラの口の中に入ってくる。唇同士が合わさり、隙間なくぴったりと重なる。

生温い水。キスというのは、もっと、こう、可愛いものではないのか。もっと、綺麗なものだと思っていた。あまりにも生々しくて、じわりとニコラの瞳に涙が浮かんだ。見つめ合ったまま、イリアスの口から流れてくる水を飲む。身体が大きいと口も大きいのか、何度飲み込んでも水はなくならない。

溺れそうだ。キスで。口移しの水で。溺れてしまう。

「……ん……んぁっ⁉」

涙の滲む瞳で深い緑を見つめていると、まだ水の残る舌を噛まれた。

柔らかく、噛まれる。どうしようもなく優しく、硬い歯がニコラの舌を痺れさせる。ぞくぞくと甘い感覚が背筋を通って、熱い息となってイリアスに呑み込まれた。

「んっ、んんっ……」

どうしよう。気持ちいい。水なのか唾液なのか解らないけど、口の端から零れた液体すら感じてしまう。

舌を吸われ、噛まれただけで苦しいのに、イリアスの舌はニコラの口の奥まで入ってきた。

口蓋を撫でられると、身体が震える。頬を擽られ、舌の脇を舐められると、自分の肌が粟立つのが解る。

駄目だ。これは、駄目だろう。何が駄目なのか解らないぐらい駄目で、ニコラはゆるゆると頭を振った。

「……ふぁっ……らめ……だめっ」

「何が？」

駄目なのかなと、イリアスの声と一緒に舌が入り込む。唇も食まれ、舌は食べられてしまう。息すら呑まれてしまうキスに、ニコラの意識がくらくらと揺れた。

「可愛いね。ニコラ」

「んっ……も、やだぁ……やっ」

イリアスの手はニコラの頭に回り、髪の中に指が入る。頭皮を撫でられ、指が耳を掠めるだけで、ニコラの身体はふるりと震える。

これは、いいのだろうか。キスって、こんなのなのか。キスだけで、こんなになっていいのだろうか。もう、舌は痺れている。唇も腫れているだろう。ぽってりと熱くなった口が苦しくて、震える指でイリアスの服を摑む。

「ああ、君の涙は宝石のようだね」

「ひぁっ⁉」

眦《まなじり》を舐められて、ニコラの身体は跳ねた。

ぞわりと、隠しようのない快楽を感じる。キスと、眦を舐められただけで、こんなにも身体が溶けてしまう。

おかしいだろう。おかしい。イリアスは魔法を魔の世界のものだと言うけど、こんな快楽は魔法だって難しいのではないか。そうじゃなかったら、イリアスの唇と指に呪いがかかっているんじゃないだろうか。

ひくりと、ニコラの喉が鳴った。

身体が震える。肌が粟立つ。快楽にではない。恐怖で身が竦む。

ニコラが、魔の世界の王から承った使命を持っているから、魔法を使われているのかもしれない。頭の中を覗くための魔法で、こんなにもニコラは溶けているのかもしれない。

ぼんやりとキスをされて撫でられていると、イリアスが低く甘い声を出した。

「何を考えているんだい？　私の花嫁」

「やっ⁉　あっ、いりあすっ、ま、まってっ」

「よそごとを考えてはいけないよ」

駄目だ。駄目だろう。本当にこれは駄目だ。

キスをされて、頭と首を撫でられ、たったそれだけでニコラの身体はぐずぐずと溶けていく。耳に声を流し込まれると、とろりとした何かに浸かってしまう。

どうしよう。目眩と気持ち悪さなんて消えたのに、イリアスのせいでまた目眩と気持ちよさで何も考えられなくなった。


毎朝、イリアスからドレスが送られてくる。夕食後には寝間着まで送られてくる。どれも長袖で手首は隠れ、裾も長くて足首まで隠れる服だった。

「……ドレスが六着はいいけど……寝間着が五着って……」

きっと、もう少ししたら六着目の寝間着がくるだろう。

どうしろと言うのだろうか。毎日日替わりで着ているけど、寝間着を日替わりで着る日がくるとは思わない。

魔の世界から持ってきた自分の寝間着は、そっと簞笥《たんす》に眠ったままだった。

ニコラが人の世界に来た一日目。イリアスに夜這う前は自分の寝間着だったけど、ベッドに置いてきてしまった寝間着はどうなったのだろう。手元に返ってこないところを見ると、捨てられてしまったのかもしれない。だって、肌が露出しすぎだと言っていた。気に入らないものを着て夜這いに行くのは失礼かもしれないと、あの寝間着は忘れることにした。

次の日は、庭に出たら体調を崩して、ずっとイリアスのベッドにいたと思い出す。

ドレスのまま寝ているのは辛いだろうと、よく解らない構造の寝間着を着せられた。着せられたということは、脱がされたということで、寝間着がユカタと呼ばれるものだと気付いたのは遅かったと思う。

それにしても、なぜにユカタ。雑誌のオリエンタル特集で見たユカタだと気付いてから、もしかして人の世界ではオリエンタルがブームなのかと、イリアスの趣味の悪い服も納得した。

でも、駄目だろう。オリエンタルは嫌いじゃないが、ユカタは駄目だ。

ウエストを締め付ける布が邪魔だし、何より寝間着なのに着替えを手伝ってくれる者がいないと駄目なのはいただけない。

二着目の寝間着は、イリアスが着ていた寝間着の女性版みたいなヤツで、首が詰まっていて寝苦しかった。

三着目は胸元は開いているけどフリルをたっぷりと使った寝間着で、びっくりするぐらい似合わなかった。あまりに似合わないからなんとか髪型を整えて、結んでいたらイリアスの眉が少しだけ顰められたと思い出す。

四着目は大きめのシャツと細身のズボンで、昨日はレースの綺麗なワンピースタイプで、もちろんズボンのある寝間着だった。

今日は、どんな寝間着がくるのだろうか。さすがに、寝間着ばかりもらっても、本当に本当に困ってしまう。

ドレスだって、五着がチャイナドレスと呼ばれるものだから、どうしてくれようとニコラはこめかみを押さえた。

確かに、チャイナドレスという感じのドレスは気に入っている。

本当にチャイナドレスなのかは解らないけど、たぶんチャイナドレスで間違いないだろう。

ぴったりとしたシルエットはニコラの身体のラインを美しく見せるし、スリットは歩くとひらひらと揺れるのが面白いと思う。

だけど、ニコラの知っているチャイナドレスはスリットから素足を出していたのに、イリアスから贈られてくるチャイナドレスにはズボンがついていた。

そんなに肌を露出させちゃいけないのか。そこまで徹底的に隠さないといけないのか。イリアスの服を見ていれば解るけど、ニコラ的には納得できない。

しかし、もっと納得できないのが、残りの一着だった。

なんていうか、どうかと思う。最初に用意されていたドレスに似ていて、胸元が開いているのはいいけどウエストから下が大変なことになっている。

小さな頃、兄姉と遊んだ隠れんぼの時にあれば、きっと凄く役立っただろう。

何かの骨で作られた傘みたいなのを着て、スカートを膨らませる意味が解らない。子供が二人ぐらい隠れられそうなスカートなんて、どうして考えたのか聞いてみたかった。

そんな、納得できないドレス六着は、イリアスとティフォンと使用人しか見ていない。だって、パーティーもないのだから、仕方がないだろう。

朝起きて、贈られたドレスを着て、朝食を食べる。イリアスの部屋でお喋りをするか、お願いしてバルコニーから庭を見て昼食を食べる。同じようにお喋りして夕飯を食べて、一端部屋に帰ると寝間着が届いているから、風呂に入って寝間着を着て夜這いに行く。

恐ろしく退屈な日々だったというのに、どうしてかあっと言う間に過ぎ去り、もう一週間もニコラは人の世界にいた。

「おや。六着目の寝間着がきたようだね」

「……………そうねぇ」

恭《うやうや》しく頭を下げた使用人が持ってきた寝間着を広げる。長い裾のシャツで、珍しくズボンがついていない。前釦《まえボタン》で留めてあるシャツは、一つ一つ釦をかけるのが面倒そうだった。だけど、文句なんて言えない。

着せたい寝間着を送れと言ったのはニコラで、イリアスは言葉通りに送ってきているのだろう。

「……寝間着って……こんなに種類があるんだ……」

ぎゅっと、寝間着を抱き締めると、イリアスの香の香りが鼻に届いた。

どうせ、脱ぐのだからと、イリアスに言ったことがある。贈られた寝間着を着て夜這いに行き、イリアスのベッドで脱がされるのだから意味はない。そんな毎日、違う寝間着を贈らなくてもいいと、言った。

脱がすために、服を贈るんだよ、と。

楽しそうに笑うイリアスに、ニコラはどうしていいか解らない。なんだろう。イリアスは転んで頭でも打ったのだろうか。それとも変な物を食べてしまったのだろうか。人の世界の男というのは、ちょっとおかしいと思った。

でも、少しだけ、怖い。

初めて夜這いに行った時には、ベッドにかかる布すら捲らせてくれなかったのに、どんどんイリアスが優しくなる。

最初におかしいと思ったのは、触れることが多くなったことだ。

パーティーの時なんて、挨拶をした後は逃げるニコラを追いもしなかったくせに、今ではどこかに触れている。城の中を移動するだけで手を握り、部屋に入れば抱き上げられてしまう。

ふと気付けば、指の背で擽るように頬を撫でてきた。

いつから、だろうか。初めて人の世界の庭を見てからか。魔の世界のニコラは人の世界の空気に中《あた》り、体調を崩した。あの時、看病されてから、急にイリアスが変わったような気がする。そんなに辛くなかったのに、目眩と吐き気なんて大丈夫だったのに。

あれから、イリアスは怖いぐらいに甘やかしてきた。

「……珍しいなぁ……ズボンがない……」

「へぇ。そうなのかい?」

「う～ん……初めてだと思う、よ?」

イリアスの底の見えない深い緑色の瞳は、ニコラだけを映している。甘く重い雰囲気は、羞恥を覚えて赤くなる前にニコラの身体に絡みつき、とろりと溶けそうになる。

大丈夫かい、と。優しく低い声がニコラを気遣う。

少し体温が低いのかな、と。人ではないニコラを、人と同じように扱った。

可愛がられることには慣れている。愛でられ、甘えればいいと解っている。ただ、ありがとうと礼を言い、にっこりと微笑めばいいと解っているのに、イリアスにはどうしてかできなかった。

これは、魔法なのかもしれない。だって、そうじゃないと説明がつかない。

魔法は魔の世界の領域だと言うけど、ティフォンと一緒に空気を変えるような大きな魔法を使えるのだから、有り得ない話じゃなかった。

そうだ。だから、気付くのに遅れる。

抱き締められても、体温が移る頃に羞恥が蘇る。頬を撫でられても、イリアスの香りに酔いそうになってから恥ずかしくなる。

だけど、これは、いいことだろう。狙った通りだ。人の世界の王と懇意にしなければならないのだから、イリアスが甘やかすならいつも通りに振舞えば良かった。

何が、怖いのか。何に、戸惑っているのか。

遅れて感じる羞恥は格別で、顔が真っ赤になって全身が震えて、うっすら汗まで掻いてしまう。特に指先が震えるから、思わずイリアスを照れ隠しに殴ってしまう。

それすら楽しそうにされてしまえば、ニコラにできることは少なかった。

でも、駄目だろう。どうして、余裕が保てないのか。もっと、気合いを入れないと駄目だ。流されちゃいけない。嬉しいとか、楽しいとか、幸せとか感じている場合じゃない。

まだ、ニコラの使命は解らないままだった。

「今回の寝間着は前釦か……そうだね、ニコラ。それを着て夜這いに行きなさい」

「え？　い、行くけど」

「では、いいじゃないか」

人の世界に来た翌日に、長々と説教をしていたティフォンは、夜這い推奨になっている。聞き流した説教の中に、何かあったのだろうか。今更、どうして夜這い推奨になったのかとか聞けないけど、あれだけ純潔を守れと言っていたくせに、夜にだらだらしていれば夜這いに行けと言いに来る。

きっと、今日も、もたもたしないで夜這いに行けと言うために、ニコラの部屋にいるのだろう。

「……ねぇ？　ティフォン」

「なんだい？」

ぎゅっと、寝間着を抱き締めながら、ニコラはティフォンを見つめた。

魔の世界の王から承った使命。

聞いてもいいだろうか。もう、聞いた方がいいだろう。

だって、自分の気持ちは揺れている。ゆらゆらと、何に揺れているのか解らないぐらいに、イリアスへの感情がゆらゆら揺れていた。

嫌いじゃないけど、好きじゃない。声だけなら、好きになれそうな気がする。そんなことを思っていた最初が遠い昔に感じる。

今も、きっと、好きじゃないと言えるだろう。ニコラは恋だとか愛だとか、そういうものは書物の中でしか知らなかった。

だから、違う。これは、違う。それでも揺れている気持ちは解るから、何に対して揺れているのかは解らないけど解るから、はっきりと使命を聞いた方がいいだろう。

だけど、まだ、悔しいとか恥ずかしいとか、言葉の裏の意味も解らないなんて情けないだろうと、そう思う気持ちもある。

『人の世界の王に嫁いで欲しい……お前にしかできないことなんだよ』

言われた言葉の意味は。本当の使命は。これは、平和の約束としての結婚なのか、戦いの布石なのか。イリアスは、敵なのか味方なのか。

自分は、どうすればいいのだろうか。

解らない。解らないから、心のどこかがイリアスを否定する。魔の世界のニコラとして、人の世界の王を見ていた。

「……あの、ね」

「どうしたんだい？」

心が苦しい。心が悲鳴を上げる。どこか遠くで軋《きし》む音が聞こえる。

それすら意味が解らない。これは、恋じゃない。愛でも、ない。そんな綺麗な感情じゃないから解る。なのに、どうして、苦しいのか。どうして、悲鳴を上げるのか。どうして軋むのか。解らないし、解りたくなかった。

だんだんと、だんだんと、ニコラの何かに罅《ひび》が入る。一日、一日と、小さな亀裂は大きくなる。最初は気付かないほどの罅だったのに、今では触らなくとも解る。

でも、駄目だ。それを認めてしまえば、大きくなる罅を認めたら、駄目になるからニコラは心から耳を塞いでティフォンを見つめた。

「……えっと」

なんて聞けばいいのだろうか。どこまで聞いていいのだろうか。魔の世界の王よりも長く生きているティフォンは、なんでも知っている。

「……ひ、人の世界に来て、もう一週間なんだけど」

「まだ一週間、とも言えるだろう？」

「まだ？　もう、でしょ？」

「結婚式の準備というのは、とても時間がかかるものだよ」

青とも緑とも言えないティフォンの瞳がニコラを見つめた。

じっと、覗き込んでくる瞳に、ニコラは顔を顰める。なんでも知っているくせに、何も教えてくれないティフォンは、思わせぶりなことばかりを言う。

「……結婚式、とか……別にいらないじゃない」

「人の世界に来たんだからね。人の世界に合わせないといけないだろう?」

「……合わせなきゃ、いけないの?」

「当然だろう」

ティフォンの言葉を、ニコラは嚙み締めるように考えた。

まだ、一週間。人の世界に来たのだから、人の世界に合わせる。だから、結婚式をしなければならない。そうか。そうなのか。そう考えていいのかと、少しだけ視界が開けたような気がした。

人の世界に、長くいることを前提として話している。

当分、魔の世界には帰らないと、言っている。

それだけで、ニコラは肩の力を抜いた。ふぅと、肩を落として寝間着に顔を埋める。意外と緊張していたのだと気づき、身体の疲れを感じる。

そんなに緊張することじゃないと、解っていても身体は正直だった。

でも、いいのだろうか。まだ、一週間。人の世界に合わせるのなら、人の世界の王に近付いた方がいいのだろうか。

イリアスと仲良くしていた方がいいのかと聞きたくて、ニコラはちらりとティフォンを見てから視線を外した。

「…………夜這いに、行った方が、いい?」

はっきりと聞くのは難しい。だって、人の世界の王と結婚しろと言われている。仲良くするのは当たり前だろう。近付くのは当然のことだった。

ただ、魔の世界の王から承った使命によって、意味が違ってくる。ずっと、一生、平和の証として仲良くするのか。戦いの布石のために、近付くのか。呆気なく殺せるほど、イリアスの懐《ふところ》に入り込むのか。

どちらにしても、近付かなければいけないだろう。

なのに、近付いてもいいのかと聞くのは難しい。だから遠回しに聞いてみた。

ここで、ティフォンの口から、使命のことが聞けたら運がいいだろう。なんて言うか解らないけど、もしかしたら聞きたいことも聞けるかもしれない。

平和のために結婚するのだから、早く子を成せ。戦いのための布石なのだから、取り入るだけ取り入ってこい。

そんな言葉が聞けたらいいと、ニコラが待っていたら、ティフォンは軽い口調で凄いことを言った。

「おや？　イリアスに何か無体なことを強いられたのかい？」

「むっっ!?　無体!?」

にやにやと、ティフォンが笑う。思ってもみなかった方向から切り込まれて、ニコラはどうしていいか解らなくなる。

まさか、色事のことを茶化されるとは思わなかった。その先のことを考えていたのに、ベッドの中の事情を心配されるとは思ってなかった。

だって、そうだろう。無体とか、無体とか。無体なこととは、そういうことだろう。アレは無体に入るのだろうか。もしかして強いられていると言ってもいいかもしれない。

そう思うのだけど、きっとアレは違うのだろう。

「騒がない。君が無体を強いられていないということは解ったよ」

「なっ、なんでっ⁉」

「そんな真っ赤な顔で何を言っているのやら」

無体と言われて色々と思い出してしまったニコラは、寝間着で顔を押さえつけながら、目だけでティフォンを睨んだ。

これからイリアスの部屋に行くのに、どうしてくれるのかと眉を寄せる。そんなに真っ赤な顔ならば、何を言われるか解らない。

揶揄うイリアスは質《たち》が悪いと、ニコラは知っているから唇を尖らせた。

赤くなっている顔を、更に赤くしようとする。耳元で囁いて、頬を擽り、目尻にキスを落とす。

あの時の雰囲気をどう表現すればいいのか。イリアスの纏う雰囲気を、声を、視線を、ニコラの知っている言葉では表せない。それを知らないくせにと、ニコラはティフォンを睨み付けた。

「……む、無体なことを強いられた方が良かったの？」

閨のことまで心配されるのは、恥ずかしいし悔しい。もちろん、無体なことをされて喜ぶ性癖でもない。でも、ティフォンの言う無体の意味が解るから、ニコラは顔を顰めた。

最初に説教された時に言われた、純潔の話だろう。

結婚式をして、正式に人の世界の王に嫁ぎ、全てが確定してからでなければ純潔を捧げてはいけない。その前に、無体なことをされて純潔を奪われたら駄目だ。そうティフォンは言っているのだろう。

「そうだねぇ。その方が優位に立てるじゃないか」

「………ゆ、優位……」

のんびりと言うティフォンの言葉に、ニコラの胸がじわりと痛くなった。

無体なことをされて、優位に立つ。ああ、そうか。確かに、そうだ。どんなことでも、優位に立った方がいいだろう。

じわりじわりと、痛くなっていく胸を無視して、ニコラは声が震えないようにする。

「………ゆ、優位に、立った方が、いい？」

「何事も、優位に立っていた方がいいだろう？」

「……そうか。そうだよ、ねぇ」

当たり前だと言うようにティフォンが言うから、ニコラは寝間着に顔を埋めた。

そうだ。当たり前だ。優位に立って、自分の有利な方へ導きやすくした方がいい。どんなことでも、自分の思う通りに物事を運びやすくした方がいい。

平和のための約束で、結婚してずっと人の世界にいるとしても、優位に立った方がいいだろう。

だけど、それは、無体なことをされてまでしなきゃいけないことだろうか。

じわりと、心臓が痛くなった。

もしも、戦いは終わっておらず、次の戦いのための布石だとしたら、どんなことをされても優位に立った方がいい。身体の一つや二つは差し出してもいい。

でも、だけど。無体なことをされて子を宿してしまったら、それすらも布石として使わなければならないのだろうか。ゾクリと、身体の芯まで冷えた気がした。

怖い。恐ろしい。戦いから遠ざけられていたニコラには、戦いへの恐怖が薄かった。戦いの本質も知らずに、勝手に知った気になっていた。

そうだ。覚悟しなければならない。解っている。それが、戦いだ。

覚悟しても、怖いものは怖い。解っているけど、恐ろしさは消えない。喉の奥から迫り上がってくる熱さに、ニコラは目を閉じた。

最初から解っていたことじゃないか。魔の世界の王から承った使命に裏があるかもしれないと、そう思ったのは他でもない自分だ。

だけど、怖くて怖くて、誰かに縋(すが)りたい。大きな掌に擽(くすぐ)るように撫でられ、優しい声で大丈夫だと囁いて欲しい。太く逞しい腕で抱き締められ、あの嗅ぎ慣れた香を肺に満たし、大きな身体で閉じ込めて欲しい。

駄目だと解っているけど。それでも。けれど、自分は魔の世界の王の娘で、皆のためになると思って人の世界に来た。

そうだ。魔の世界の王に言われたから。兄姉に何か返せると思ったから。だから、ニコラは人の世界に嫁いできた。

「………君が尻に敷くぐらいがちょうど良いんじゃないか。あれは曲者《くせもの》だよ」

「……え？　何か言った？」

「君、また聞いてなかったのかい？　本当に話を聞かない子だね！」

目を光らせて怒るティフォンの説教を聞きながら、ニコラはゆっくりと深呼吸する。

震える指を握り締める。爪が掌に食い込んで、微《かす》かな痛みが頭を冷静に戻す。

大丈夫。できる。そのために来た。人の世界に、兄姉に引き留められたのに、それでもと、自分の意思で来た。

人の世界の王と仲良くするなんて簡単だ。

身体の一つや二つ、差し出してみせる。

もう、揺るがない。できる。大丈夫。だって、魔の世界の王が、ニコラにしかできないと言った。それに応えなければならない。イリアスを陥落し、無体を働かれる勢いで迫ればいい。

そうだ。解っている。服を贈られたぐらいなんでもない。ニコラが持っている服は、全て誰かに贈られたものだ。可愛いなんて、聞き慣れている。甘やかされたら、笑えばいい。

すくっと、ニコラは立ち上がり、気合いを入れてドレスの花釦を外した。

「ニコラっ！　僕の話を聞きたまえ！」

なんかティフォンが叫んでいるけど、気合いを入れた今イリアスのところに行かなければ、一生行けなさそうな気がする。

必死に笑みを張り付け、えいっと言いながらドレスを脱ぐ。空元気《からげんき》だろうが、やせ我慢だろうが、とうっと叫びながら贈られた寝間着に着替えた。

もう、風呂は済ませてある。隅々まで磨いて、髪の手入れだってバッチリだ。イリアスは、髪は結わくよりも下ろしていた方が好きらしい。一度、結わいていった時の顔を覚えているから、ニコラは鏡を見つめる。

「……ねぇ、髪、跳ねてない？」

「ああ。そうだね。君は本当に話を聞かない！　大丈夫だよ。絹糸のようだからね！」

「……巻き髪とか……好きかなぁ？」

「もう、なんでもいいんじゃないかな！　君が身一つで行けば問題ないだろう！」

珍しくやけくそ気味な声を上げるティフォンの前に、ニコラもやけくそ気味に仁王《におう》立ちして気合いを入れ直した。

真っ黒な髪は真っ直ぐ後ろに流している。白のシルクで作られた寝間着の裾はニコラの足首まであるが、ズボンがないから踝《かかと》がちらりと覗く。

「どうかしら？」

「いいんじゃないかな」

「じゃあ、行ってくる！」

気合い充分と、軽い声を出したニコラはスリッパを履いて部屋を出た。

このスリッパというのは、どうなんだろう。でも、初めて夜這いを仕掛けた時、裸足で忍んでいって足を拭かれた思い出は最悪だと思う。誰かに足を拭かれるというのは、意外と屈辱的だったので、それからはスリッパを履いている。

未だに、このスリッパというのにも慣れなかった。ふわふわと柔らかい毛皮のようなもので作られているスリッパは、靴と違って物凄く軽い。外に出る用ではないから、靴底も柔らかい。歩いているうちに、スポンと脱げてしまいそうで怖かった。

だけど、蠟燭の明かりに揺れる廊下は怖くない。

踊るように、跳ねるように、ニコラは廊下を歩いてイリアスの部屋に向かう。同じ階の端の部屋。鍵は開いていると解っているから、そっと大きな扉を開いて中に入った。

「こんばんは」

密やかで、明るい声を出す。

秘密基地のようなベッドは、布が下りている。一枚、一枚、潜りながら声をかけると、中から声が返ってくる。

「今晩は」

最後の一枚を捲って、ニコラはイリアスを見て小さく笑った。

大丈夫。笑顔には自信がある。魔の世界で可愛がられた結果、ニコラはどんな気分でも笑顔を浮かべられるようになった。

ちらりと、イリアスから視線を外し、ベッドの中を見る。両端にぶら下がるランプは、左右二つずつ点いている。このランプが四つ以上点いているのを知らないと思いながら、ニコラはスリッパを脱いでベッドに上がった。

「夜這いに来ました、よ」

「さぁ、近くにおいで」

伸ばされた手を取り、ニコラはイリアスに近付く。硬めのベッドでも、歩けば揺れるけど、イリアスの手は上手くニコラを歩かせる。

いつも安心して大きな手に委ねていたのに、今日は少し力強く手を引かれた。

「わっ⁉」

ぐらりと、身体が揺れる。急に手を引かれて倒れそうになるから、慌てて腕を振り回して反射的に目を閉じた。

いつもならば、手を引かれてイリアスの隣に座る。イリアスはすぐに寝そべってしまうけど、ニコラは座ったままだったり一緒に寝たりする。

でも、今日は手を引かれたせいで、座るイリアスの膝の上に座っていた。

「ちょっと……びっくりした……」

目を開けて、イリアスの膝の上に座っていると解った衝撃は、本当はちょっとびっくりどころの話ではない。

ドキドキと心臓がうるさいのは、どうしていいか解らないからだろう。夜這いに来て抱き締められることはあっても、甘やかすような戯《たわむ》れは初めてかもしれない。

「すまないね。昨日、君が飲みたいと言っていた酒を用意したよ」

「え？」

そんなドキドキしているニコラを気にせず、イリアスは楽しそうに笑った。

空いている腕を斜め後ろに回し、イリアスの視線がニコラから外れる。それでも、笑みはそのままで、ニコラは心の中で顔を顰めた。

何に、ドキドキしているのだろうか。恐怖なのか。それとも、イリアスなのか。それすら解らないから、ニコラはイリアスの手元を覗き込み、色々と考えないようにした。

「……それ？　お酒？」

「そうだよ」

にこにこ笑いながらイリアスが手元に置かれていた盆を引き寄せる。盆の上にはグラスが二つと硝子のピッチャーと木の実のようなものを入れた皿がある。

酒は、初めてだ。自分の分のグラスには、いつもジュースやお茶が入っていた。

ランプの明かりに照らされて、きらきらと光る液体とイリアスを見比べた。

「いいの？」

「ああ。甘いのを用意した。初めてなら、あまり飲み過ぎないようにね」

器用に、重そうな硝子のピッチャーからグラスに液体を注ぐ。小さなグラスの半分ぐらいまで注いでから、イリアスはグラスを渡してくれる。

魔の世界では、酒は飲ませてもらえなかった。まだ、子供だと言われて、何度悔しい思いをしたか解らない。

特に、ティフォンが邪魔してくれた。主に、ティフォンの説教で酒は飲めなかった。

きらきら輝いて見えるグラスを目の前まで掲げ、くふふと笑いながらニコラはグラスに口をつける。

「……あ、まい……うん。甘い」

とろりとした液体を、ニコラはゆっくり飲んだ。

ジュースとは違う。少しだけ体温が上がる気がする。それよりも、駄目と言われていることをするのが楽しい。

そんなことを思っているニコラに気付いたのか、イリアスは喉の奥で笑いながら頬を撫でてきた。

「飲みすぎないようにしなさい」

「……はーい」

指の背で、こしょこしょ擽るみたいに撫でてくる。まだ、たぶん、頬は赤くなっていないだろう。それとも、何かゴミとかついているのだろうか。

少し擽ったいから首を竦ませ、ニコラはイリアスの気を逸らすように聞いた。

「イリアスは飲まないの？」

「うん？　飲むよ」

目論見は成功して、イリアスの指はニコラの頬を離れて硝子のピッチャーに伸びる。とぽとぽと、重たい液体がグラスに注がれる音がして、イリアスの手を目で追った。

ピッチャーを盆に置く。たっぷりと酒が注がれたグラスを持つ。グラスを口元に運ぶ手は大きく、同じサイズのグラスなのに小さく見える。

イリアスの薄い唇が、ゆっくりと酒を飲んでいくのを見た。

イリアスの寝間着はいつも同じで、スタンドカラーというか立て襟で首が詰まっている。

それでも飲む時のように首を反らせば、喉仏がごくりと動くのがわかる。

なんていうか。その、どう言えばいいのか。

いつも笑顔を絶やさず優しそうなイリアスは、どうしてかニコラにとって色っぽく見えた。

笑う顔は幼く見えるし、髪はざんばらを無理矢理整えたような不格好。寝間着だというのに、露出しているのは手と足だけ。なのに、妙にいやらしく感じるのはどうしてだろうか。

恥ずかしくて、悔しい。だって、ニコラはイリアスに翻弄させられるだけで、翻弄してやったことがない。

「これは、ちょっと甘すぎるね」

「そうなの？　わたしは、好きだけど……」

グラスを舐めながら顔を上げると、深い緑色の瞳に囚われた。

じりっと、身体の奥に火が点《とも》り体温が上がった気がする。底の見えないような深い緑色の瞳は、ニコラの全てを見ているようで怖い。

何もかも、見透かされているような恐ろしさ。頭の中を覗かれているような不快感。

解っている。そんなはずはない。イリアスに、そんなことはできない。

それでも隠し事があるせいか、ニコラはイリアスから視線を外した。

「……そ、なに、見ないで」

「それは無理な注文かな」

大丈夫。ばれてない。きっと、まだ大丈夫。

心臓がばくばくと速い鼓動を刻むから、ニコラは誤魔化すようにグラスを舐めた。

「……減ったら、どうするのよ」

「ああ。それは困るねぇ」

にこにこ笑うイリアスに、ニコラはなんとか緊張を解こうとする。少し唇を尖らせて自分の膝を睨み付ければ、イリアスはグラスを盆に戻して木の実を抓《つま》んでいる。

ふぅっと、熱くなった息を吐き出し、ニコラは心の中で深呼吸した。

頭の芯がくらりと揺れる。緊張しているからか、それとも酒のせいか。気を抜けないという現実に苛々する。

何も考えずに、身を任せてしまいたいと思うのは、イリアスの甘やかす雰囲気が心地良いからだろう。

楽しいではなく、心地良い。とろりと甘く、ゆったりと時間が過ぎる。眠くなる雰囲気だと、ニコラは思う。

いっそ身を任せて寝てしまいたいと、そんなことを思っていれば唇に何かを押し当てられた。

そっと、イリアスを見れば笑っている。唇に押し当てられた何かは、きっと木の実だろう。だけど、今のニコラの視界には、イリアスの手首までしか見えない。

仕方がない。ニコラは少しだけ、口を開いた。

「……あ、美味しい」

イリアスの太い指が、小さな木の実を抓んでニコラの口に入れる。かしりと噛めば、指は唇を撲る。飲み込めば、イリアスが楽しそうに笑う。

「人の世界の木の実だ。魔の世界にはないらしいよ」

「ふぅん……」

塩気と油気のある木の実は美味しく、甘い酒と合うような気がした。

この木の実は美味しいと思える。噛み締めていれば、甘みも感じられる。でも、人の世界のものが美味しいと思えるようになるなんてと、ニコラは小さく笑った。

最初は、ニコラを気遣ってか、食事は魔の世界のもので作られていた。少しずつ人の世界にある食材を使っていくと、ティフォンが言っていたのを思い出す。

魔の世界から来たニコラが人の世界の空気に気分が悪くなったように、食事も慣れないと体調を崩すと言っていた。

だんだん、食事の味が変になっていくと思ったのは、人の世界の食材を使うようになっ

たからだろう。

あれからティフォンも、同じテーブルについて普通の食事を一緒に取るので、味の違いを話し合ったりもした。

「ほら、こちらも」

「……ん」

木の実は一種類だけではないらしい。変わった形の木の実を口に運ばれ、今度は素直に口を開ける。

どんな味なのかと噛み締めて、美味しかったから顔を綻ばせた。

「美味しいかい？」

「うん。美味しい。お酒も美味しい」

「そうか。良かった」

甘い甘い酒に、美味しい木の実。とりとめのない会話の間に、イリアスは甲斐甲斐しく木の実をニコラの口に運ぶ。

こうやって、どんどん慣れていくのか。人の世界に馴染み、人の世界の食べ物を美味しいと感じ、イリアスの雰囲気に慣れる。

いいのだろうか。慣れてしまったら、終わらせるのは辛いだろう。

ぼんやりとしてきた頭では、慣れてはいけないというより、慣れたら辛いとしか思えなくなっていた。

ゆるゆると、頭を振る。眠りそうな意識を引っ張り上げ、自分を膝の上に乗せたままなのに身体を動かすイリアスを見る。

「……なに？」

「酒をね。変えようと思って」

これは私には甘過ぎると、イリアスは腕を伸ばしてサイドテーブルから瓶を取り出した。

グラス半分残っている甘い酒を、イリアスは躊躇いなく飲み干す。ちまちまと舐めるように飲んでいたニコラは、飲み干したグラスに違う酒を注ぐイリアスを見てしまう。

甘い酒が嫌で、違う酒を出してきたのに、グラスは変えないのか。味が混ざるのではないかと、ニコラは首を傾げた。

「……ねぇ」

「うん」

違う酒は濃い琥珀色をしていて、ピッチャーよりも大きく重そうな瓶に入っている。少し減っているのを見ると、寝酒なのだろうか。普段からイリアスが飲んでいる酒なのだろう。

甘いのだろうか。辛いのだろうか。甘い酒が嫌ならば、きっと甘くはないのだろう。

「それ、一口ちょうだい」

ふわふわと気持ちが良いのに、頭の芯が冷えているような気がして、ニコラはイリアスの持つグラスを見つめた。

それを飲めば、楽しくなるのかもしれない。もっと、酒に浸りたいのに、なんだか悲しくてやるせない。イリアスが美味しそうに飲んでいるのなら、きっと美味しくて楽しくなれるのだろう。

羨ましい。楽しそうなイリアスが羨ましかった。

もしかして自分は泣き上戸というヤツだろうか。どんどん思考は散漫になって、大事なことを忘れてしまったような悲しさがある。

「甘くないよ」

「甘くなくていい」

困ったように笑うイリアスは、ニコラにグラスを渡してくれた。

自分のグラスを片手に持ち、イリアスのグラスを口元に近付ける。香りが、違う。酒の香りはわからないけど、甘い酒の方が好きだと思いながら、ニコラはグラスに口をつける。

こくりと飲んで、舐めるではなく飲んで、くしゃりと顔を顰めた。

「うえええ……」

「甘くないと言っただろう?」

グラスを取り上げられてしまう。少しも減ってないグラスは盆の上に載せられ、ニコラの甘い酒のグラスも大きな手に取り上げられる。

何をするのだろうと、思う暇もなかった。

「……え？」

ニコラのグラスが、イリアスの口元に運ばれる。少しだけ甘い酒を口に含んで、笑いながらニコラに近付いてくる。

そっと、重なる唇から、甘い甘い酒が流し込まれた。

甘くて、美味しい。大きな舌がぬるりと口の中に入ってきて、ニコラの舌を甘やかすように舐める。

「不味い味は消えたかな？」

「……き、消えた」

「そう。それは良かった」

何事もなかったようにグラスを返され、ニコラは唇を尖らせた。

咎めるような視線の先で、イリアスは不味い味の酒を口にしている。甘い酒の時は眉を顰めたくせに、美味しそうに飲むから誤解するのだと思う。

でも、破廉恥だ。普通にグラスを渡してくれたら良かったのに、口移しで寄越すのはどうだろう。

なんとなく、悲しい。いや、悔しい。それとも、恥ずかしい、だろうか。

だんだんと解らなくなってきて、ニコラはイリアスの胸に頭を預けた。

こつりと、厚い胸に頭をぶつける。ごつごつと、頭で胸を叩けば、イリアスの手に止められた。

「やめなさい。君の頭が痛くなってしまうよ」

「……うう」

食べさせてもらって、口移しで飲み物を与えられる。膝の上に座らされ、頭を撫でられてしまう。

凄く大事にされているようで、胸の奥が苦しくなった。

こういうのは慣れている。食べさせてもらうのは久々だし、口移しなんて記憶の中のどこにもないけど、甘やかされるのには慣れている。

兄達はニコラを膝の上に乗せたがったし、姉達は美味しいお菓子をニコラの口の中に入れたがったと、イリアスに体重をかけて凭れかかった。

「おや、頬が赤い。酔ってしまったかな?」

「……まだ大丈夫」

酒だけが原因だと言うイリアスに、ニコラはもやもやとした苛立ちを感じる。

本当に、動じない。ムカつくぐらいに、揺るがない。魔の世界と人の世界との戦いを終わらせた王は、しっかりとした筋肉を持っていた。

厚みのある胸は、ニコラが凭れかかったぐらいでは動じないし揺るがない。きっと、叩いても痛くないのだろう。だから、ニコラの拳を避けもしないで難なく受け止める。余裕があるのは、当たり前なのか。こんなにも動じない身体は、揺るがない精神も作るのだろうか。

なんとなく、ずるいと感じて、ニコラは頭をイリアスの胸にぶつけた。

自分の頭が痛くならないように、ごすごすと頭突きをする。木の実を抓んでいなかった手で髪を梳かれ、苦笑しているのか押し殺した笑い声が頭に響く。

「……あたしの髪、好き?」

くらりと、頭の中が揺れるような気がしたけど、酒のせいなのかイリアスの笑い声のせいなのか解らなかった。

だって、まだ、イリアスは笑っている。くつくつと、喉の奥で笑うから、頭の芯がくらくらと揺れる。

甘い、甘い酒に溺れた。イリアスは不味い酒を飲んでいるのに溺れないのだろうか。また木の実を運んでくれる指を舐めて、この指はどんな味なんだろうと思う。

「そうだね。美しい。濡烏……烏《からす》の濡れ羽色だね」

「からす?」

「魔の世界には、烏はいないのかい?」

優しく微笑むイリアスが、ゆったりと近付いてきて、額にキスをされた。

ふわりと、甘い香りがする。炷きしめられた香と混じって、不思議な感覚がニコラの思考を蕩けさせる。

「ティフォン、なら知ってるかも……本に、からす、ってなかったと思う」

辞典のような本は好きじゃないから、もしかしたら載っていたのかもしれないけど、ニコラは知らなかった。

知らないことを知るのは楽しい。中でもニコラは綺麗なものが好きだ。城の外に出られないニコラは、綺麗なものを見て思いを馳せるぐらいしかできない。

頭を撫でられ、髪を梳かれ、回らなくなってきた頭で、ニコラは魔の世界の城を思い出した。

「主塔に……ベルクフリートに登ると、翼竜が飛んでいるのが見えるの」

「君が主塔に登るのかい?」

「あ、えっと、内緒、ね?」

城の中で一番高い塔は、戦いの時の要であり、見張り台も兼ねている。もちろん、遊び気分で登っていい場所じゃない。ティフォンにも怒られたと、イリアスを見つめた。

笑って細められていた瞳が、間近で笑みを消す。

深い緑に、自分の顔が映っている。それが不思議で、触ってみたくなった。

「外に、出たかったのかな?」

「……うん。出て、みたかった」

切れ長の瞳は、笑わないと冷たく感じる。緑色の瞳は温かく感じてもいいのに、どうしてか冷たい色に思える。

「では、もう少し慣れたら遠乗りをしようか」

「ん?」

「馬に乗って、城の外に行くんだ。お弁当を持って、ね」

ニコラの指先が、イリアスの頬に触れた。

温かい。ニコラは酒のせいで熱いぐらいなのに、顔色一つ変えないイリアスはどうなっているのだろうか。

焦《じ》れったくなるぐらいに、ゆっくりと。ゆっくりと、イリアスにキスをされた。

「ん……んぅ……」

「君の望みは全て叶えてあげよう」

苦い舌が、ニコラの甘い舌を吸う。痛いぐらいに、痺れるぐらいに吸ってから、先端を優しく噛む。

「……ふぁ……んんっ」

「憂《うれ》うことは何もない……全て、私に任せなさい」

低く甘い声は、頭の中を痺れさせ、ニコラの思考を奪っていった。

魔法、じゃないのか。これは、魔法の域だろう。イリアスの声はニコラを操る声だと、じわりと腰に広がった快楽に目を閉じる。

だって、もう、慣れた。夜這いに来て、ずっとイリアスに身体を弄られている。姉達の話していたことがわかって、少し恥ずかしいぐらいだ。

「あ、イリアス……」

寝間着の釦が外されていく。全部留めるのに苦労したのを思い出すぐらい、ゆっくりと釦が外されていく。

一つ、二つと外されて、鎖骨が見えてきたら、イリアスにキスされた。

「んっ……」

「おや。すぐに赤くなるね」

少し強めに吸われたと思ったけど、笑うイリアスの声に自分の鎖骨の下を見てみれば、赤く痕になっている。

綺麗な花のようで、治らない病気のようにも見えた。

ぐずりと崩れる不治の病。身も心も溶けて崩れて腐っていく。怖くて悲しくて苦しくて気持ち悪くて、綺麗だと思うことが嫌だった。

「……や、それ、やだ」

三つ、四つと釦が外され、白い胸が曝《さら》される。嫌だと言ったからか、イリアスは強く吸うことはなく、優しく唇で触れて舐めてくれた。

もう、身体は正直で、ただ空気に曝されただけで乳首が硬くなる。触って欲しいというように、舐めて欲しいというように、尖る乳首にニコラは赤くなる。

「あ、あっ……イリアスっ……」

望んでいたものは、すぐに与えられた。

指で持ち上げられた胸は、イリアスに食べられてしまう。べろりと舐められ、まるで溶けたジェラートを食べるみたいに、先端に食いつかれる。

じゅっと、乳輪と乳首を強く吸われて、ニコラは足をもじもじ擦り合わせた。

濡れるのが恥ずかしい。いつも恥ずかしくて死にそうになるのに、甘い酒のせいか恥ずかしいのが快楽を誘う。

くらくら、揺れる。ふわふわ、溶ける。気持ちよいのか、それとも目眩なのか。悲しいのか苦しいのか、それとも逃げ出したいのか。わからない感覚に、ニコラはとろりとイリアスに凭れかかった。

目の前には珍しい光景が広がっている。茶色の髪は知っているけど、イリアスのつむじを見るのは初めてで、ちゅっと胸を吸われてつむじに頬を寄せる。

酒を飲んで熱くなった肌は、掌に撫でられるだけで戦慄き、脳に鈍い快楽を運んできた。

「んっ、んぅっ……あ、だめっ……」

五つ、六つと釦が外される。イリアスの膝の上に座ったままで、イリアスの腕に抱えられ、イリアスの頭を抱いている。七つ八つと、釦が外されていくのを見て、ニコラはどうしてか笑っていた。

大きく太い指が、小さな釦をちまちま外している。密やかに笑って、つむじにキスを落とす。

「んふ、ふふ……あっ、やぅっ」

「ご機嫌だね」

全ての釦が外されて、ニコラは裾の長いシャツを羽織っているだけの状態になった。

どこを見ても薄桃色で、自分の身体なのに笑いが零れる。キスしていたつむじは見えなくなって、深い緑色の瞳に囚われる。

なんだか楽しい。なんだか苦しい。酒を飲んだせいだろう。泣きたくなるぐらい楽しくて、喚きたくなるぐらい面白い。

酔っ払いだ。赤くなっているのを、笑って騒いでいるのを、いっぱい見てきた。

「そんなに楽しいのかな？」

「ん、だって、ピンクだし……んんっ、だめぇ」

「おや。駄目なのかい？　はしたなく、こんなに濡らしているのにねぇ」

イリアスの指が、ぬるりと割れ目を撫でる。何度も撫でられたせいで、イリアスに慣れてしまった。

ぽてりと腫れた媚肉が、指を挟む。期待に震えている突起は、指の腹で撫でられると、蜜液を零す。

「あ、やだ、やだ、やだぁっ」

ぐちゅぐちゅと濡れた音がして、頭の中が余計に霞んでぼやけた。

解らない。解らなくていいのだろうか。こんなに溶けて馬鹿になって、酔っ払っている場合なのだろうか。

毎晩、弄られてすぐに腫れるようになった突起を撫でられる。意地悪いイリアスの指は、ぐりぐりと突起を上手に嬲る。

快楽に混乱する気持ちが焦りを生み、ニコラはイリアスの腕を掴んだ。

駄目だ。何が駄目なのか解らないけど、駄目だ。だって、こんなにも悲しい。悲しくなってはいけないのに、悲しくて仕方がない。

「何が、嫌なのかな？」

「ひぅっっ⁉」

ぬくっと、太い指がニコラの中に入ってきた。

根元まで入れられ、ゆっくりと出ていく。時折、指を曲げるから、ぐちゅりと濡れた音が響いて耳を塞ぎたくなる。

気持ちいい。最初は少し痛かったし、引き攣れた感じがあったのに、ぬるぬるに濡れた内壁は指を欲しがっていると教えていた。

ここに、イリアスの性器を入れる。姉達が言っていた色事というのは、そういうことだろう。

全てを、イリアスにあげたい。でも、駄目だ。寄りかかって、支えてもらって、導いてもらって、甘やかされて可愛がられて溺れたい。

心のどこかに穴が空いていて、隙間風で凍えそうになった。

「だ、めっ…やだっ、やっ、いやだっ、だめぇっ」

寒い。温めて欲しい。イリアスに。でも、駄目だ。何が、駄目なのか。頭の中がくらくらと揺れて、混乱した心が涙になる。

ほろほろと零れる涙に、むずがる子供のようにニコラは頭を振った。

どうして、悲しいのか。どうして、苦しいのか。どうして、嫌なのか。解らない。解っている。解りたくない。

ニコラの中を弄る指は優しく、宥めるように快楽を引き出した。

もう、身体は慣れている。イリアスに、イリアスの指に、慣れてしまった。零れる涙を舐め取られるだけで、身体は浅ましく震える。

イリアスの指が欲しいと食い締め、とろとろと蜜液を零す。軽く絶頂を迎える身体は跳ねて、もっと強い快楽が欲しいとイリアスを求める。

駄目だ。駄目になった。やっぱり夜這いなんてしちゃいけなかった。肌を合わせるのは、純潔を捧げるのは、本当に好きな相手じゃないと駄目だった。

だって、こんなにも苦しい。息ができないぐらいに悲しくて、喉から悲鳴が零れそうになる。

「ニコラ……」

「や、やだ、あ、だめ」

身体は快楽に溶けて熱いのに、心が寒くて涙を零した。

震える腕を伸ばして、イリアスに縋る。必死に腕を伸ばして、死に物狂いで求める。

何を。自分は何を求めているのか。何が欲しいのか。何をしなければならないのか。酒と快楽でぐずぐずに溶けた頭では何も解らなかった。

ただ、泣いて、縋る。

イリアスがいつも着ている寝間着は厚手だから、どんなに縋っても体温を感じることはない。

爪を立てても、引っかかるのは刺繍の糸。

齧《かじ》り付いても、布の味しか舌に残らなかった。

第五章　恋する気持ちと、蜜甘バスタイム

少し出かけてくるよ、と。

いつもならば裸のまま朝を迎えるのに、イリアスは軽く言いながらニコラに寝間着を着せた。少し皺《しわ》になったシルクの寝間着を着せられ、太い指が器用に釦をかける。それでも、ぐだぐだとベッドに懐くニコラを撫で、イリアスはベッドから出ていってしまった。

イリアスの部屋なのに、イリアスのベッドなのに、ニコラは一人で使っている。自分の部屋には帰らず、イリアスのベッドに寝転んでいる。

「……ニコラ」

「……うううううううう」

二日酔いだった。

紛うことなき、立派な、完璧に二日酔いだった。

言い訳のしようもない。頭はガンガン痛むし、口の中はネバネバしてるし、吐き気がグルグル回っている。

朝になっても部屋に帰ってこないニコラを心配したのか、ティフォンがイリアスの部屋まで迎えに来てくれて二日酔いだと判明した。

症状を言う前に、ベッドのサイドテーブルに酒が残っていれば、何が起きているのか解るだろう。

言い訳のしようもない。むしろ、言い訳をするために口を開くことが辛い。

布が捲られたベッドに、青い顔と呻《うめ》く声と動かないニコラがいて、酒の匂いが充満していればティフォンも大声は出さなかった。

呆れたティフォンに何も言わずに解ってもらえたのは良かったが、物凄く馬鹿にした視線が痛い。どうやらティフォンは、昨日散々話をしていた無体に繋がるのではないかと、ちょっと期待していたらしい。

しかし、期待とか、どうだろうか。ガンガンと痛む頭でも、それを期待されると困るということだけは解った。

だって、そんなの無理だ。

ぐるぐると回る感情が、吐き気に変わる。何が無理なのか、考えるだけで頭が割れそうに痛む。

口を押さえたニコラをどう思ったのか、ティフォンは甲斐甲斐しく二日酔いの看病をしてくれた。

二日酔いに効くという、謎の飲み物ミソシルを用意してくれる。魔の世界から持ってきた薬草で煎《せん》じ薬を作ってくれたりと、世話を焼いてくれる。

「君、ねぇ。酒を飲むなと言ってあるのに、なに調子に乗っているのかい」

「……あううう」

「大人になったらいくらでも飲めるだろうに……まったく」

あまりにも頭が痛くて、言葉すら出なかった。

何か言えば、一緒に吐きそうな気がする。あまりに辛くて、もう二度と酒など飲むものかと反省する。

こんな二日酔いがなければ、あの甘い酒は美味しかったのにと、ニコラは額を押さえながら呻いた。

そうだ。美味しかった。でも、頭が痛い。木の実も美味しかった。でも、胸がむかむかして吐き気がする。

静かに動かずにいても、頭の痛みは酷くて、思考が散漫になるのが解る。難しいことなど考えられなくて、ニコラは大きな溜め息を吐いた。

「ほら、薬を飲んで……部屋に帰れそうかい？」

「……む、り」

「動かして吐かれても困るからねぇ……」

イリアスのベッドに横たわるニコラは、身体よりも頭を動かしたくないから声を出す。

もう、いいじゃないか。ここで。頭を動かさずに済むのなら、もうどこでもいい。夜は、ずっとこのベッドにいるのだからと、ぼんやりと思ったニコラはティフォンを見た。

そっと、視線だけを動かしてティフォンを見る。落ち着かなさそうにしているティフォンに、このベッドに慣れているのは自分だけなんだと知る。

最初の日の夜からイリアスに夜這いをかけた。近付くために。それから夜は、ずっとこのベッドで過ごしている。

幾重にもかけられた布を捲っても、イリアスの匂いがするんだと、ニコラは香りを吸い込んで顔を顰めた。

情けない。近付くために夜這いに来ているのに、酒に溺れるなんて情けなさ過ぎる。それに、昨日の夜のことを、あまり覚えていない。美味しくて楽しかった気がするけど、思い出せそうになかった。

でも、どうしてだろう。酷く、悲しい。

楽しかったのは覚えているのに、どうして悲しいのだろうか。何かあったのか。それとも、何かされたのか。二日酔いに沈む身体は普段とは違うけど、怪我も違和感もないから
ニコラは目を閉じた。

断片的に思い出せても、しっかりとは思い出せない。何か、言ってしまっただろうかと、

それだけが恐ろしい。

イリアスには知られたくないことがある。いや、人の世界の王には、知られてはいけないことがある。

だけど、痛む頭では思い出せなくて、ニコラは唸りながら頭を押さえた。

「まぁ、イリアスは……二、三週間は帰ってこないだろうからいいか」

「えっ⁉ っぁあああああっ……」

ティフォンの言葉に、ニコラは思わず顔を上げる。ついでに大声を出して、ぐわりと頭の中が揺れる感覚に酔う。

あれだけ頭を動かさないようにしていたのに、大きな声も聞きたくなかったのに、自分で自分の首を絞めてしまったと、ニコラはシーツに沈み込んだ。

ずきずき痛む。頭と身体が、ずきずき痛む。

少し出かけてくるよ、と。イリアスの言葉が、ニコラの頭の中でぐるぐる回った。

駄目だ。頭が働かない。すぐに痛みに負けそうになるけど、おかしいから顔を顰める。

だって、おかしいだろう。少しというのは、少しだろう。二、三週間を少しと言うのは無理がある。

「自分の大声に撃沈してどうするんだい……」

「だ……だ、って……」

「当たり前だろう？　人の世界に翼竜は存在しないんだ。機動力の低い馬が引く馬車が移動手段だからね」

魔の世界の王より長生きをしているティフォンは博識で、知っているだけでなく見たこともあると言った。

そんなティフォンが、二、三週間というのなら、そのくらいかかるのだろう。

だけど、そんなに時間がかかるのか。おかしくないか。別に、早く帰って来なくてもいいけど、少しと言ったのだから少しにするべきだと思う。

ガンガン何かが鳴り響く頭で考えて、ニコラは盛大な溜め息を吐いた。
二、三週間。いくらなんでも長い。
何をしていろと言うのだろうか。こんな退屈な場所で。何もない場所で。誰もいない場所で。シーツに頰を擦り付けて、イリアスがいなければ意味がないと気付いた。

自分は、何をしに、人の世界に来たのか。

なんでもすると、心に誓った。

戦いが終わって、平和のための約束でもいい。戦いは終わっておらず、次の戦いに向けての布石でもいい。

だけど、イリアスがいなければ何もできないと、ニコラはシーツに顔を埋めた。

「……な、なんで……そんなに長く……」

頭が割れるみたいに痛い。薬のせいで吐き気は治まってきたけど、頭が痛い。

何もかも捨ててしまいたくなる。頭もいらない。こんなにも痛むのなら、すげ替えてしまいたい。

どうして、自分だけが、こんなにも辛いのだろうか。涼しい声を思い出して、イリアスに着せられた寝間着を摑んだ。

いっそ、寝てしまいたい。眠れば、この痛みも緩むだろう。

「使用人達や重鎮の話しぶりだと、隣国が納得していないみたいだね」

「へ？　な、納得？」

「ああ。魔の世界との戦いを終わらせることに、納得していないみたいだ」

だけど、ティフォンの呆れた声に、ニコラは溜め息を吐いた。

どこも同じなのか。魔の世界で兄姉が愚痴っていたのを思い出す。戦いは金になる。どれだけ犠牲が出ようが、金になるから終わらせたくないヤツもいる。

人の世界は、もう少しまともなのかと思っていた。魔の世界のものと比べると、どうしても人の世界のものは弱いだろう。他で補ってはいるが、単体として弱い。

弱いから、犠牲が多い。個体として多くても、犠牲が多くなるのなら頭を使って戦いを終わらせたいのだと思っていた。

でも、同じか。

どこも、同じなのか。

一枚岩ではない。誰もが同じ気持ちではない。

「……納得してなくて、イリアスを呼び出したの？」

「そうらしいね。詳しくは聞けなかったけど、その会合といったところかな」

淡々というティフォンの言葉を聞き流し、ニコラは苛々する胸を押さえた。

解っている。どこも同じだ。誰もが同じ気持ちで生きているのではない。誰もが同じ感情で過ごしているのではない。

魔の世界と人の世界の戦いが終わって、嬉しいと思うものもいれば惜しいと思うものもいるのだろう。魔の世界からニコラという戦いの終わりが来て、喜ぶものもいれば憎いと思うものだっていると解っていた。

でも、ならば、どうして。どうして、自分は人の世界に来たのか。

『……しかたないなぁ。いいよ。わたしが行ってあげる』

軽く言ったつもりはない。簡単に考えていたのでもない。覚悟を決めて、自分ができることをしようと思った。何も返せないのは辛い。何も返せない自分は惨めだ。笑って甘えればいいと誰かが言ったけど、それだけでは心苦しくて息ができなくなる。

可愛がってくれた皆のために、全てを振り切って人の世界に来た。兄姉が泣いて引き留める中、自分に何かができるのならと、全てを捨てて人の世界に来た。

「……会合、ねぇ」

「どうやら急な呼び出しのようだから、不穏な気配はするね」

ガンガンと痛んでいた頭は、芯が痺れたように冷えている。気持ち悪さと吐き気は、そのまま胸の痛みにすり替わる。

叫んで何かに八つ当たりしたくなる気持ちと、独り暗いどこかに閉じ籠もりたくなる気持ちが、頭の中でぐるぐると回った。

本当に、自分は何も知らない。覚悟も決心も決意も、どれだけ真剣だろうが、全部が子供騙しのようなものか。飯事《ままごと》だったと言われても仕方がないけど、今のニコラは戦いの恐ろしさを知っている。

なんでもできる。大丈夫。やらなきゃいけない。

この身を差し出しても、この身を削いで差し出しても、そう思っていた。

「……そんなに戦いたいなら、もう一回戦ってもいいんじゃない？」

きっと、誰にも解ってもらえないのだろう。

全てを捨てて人の世界に来たと言っても、きっとニコラが泣いて嫌がれば人の世界になど来ることはなかった。

軽い気持ちではなかったけど、軽く考えていたのかもしれない。聞いた話で経験したつもりになって、読んだ話で知った気になっていた。

頭の中では物事は簡単に進み、自分の感情すらままならないなんて考えもしない。無意識に、大丈夫だと思える場所に線を引き、これを越えることはないと思っていた。そんな馬鹿な話はないだろう。絶対など、ない。怖くて恐ろしいことすら経験したことがなかったと、柔らかな場所で守られていたニコラは知らなかった。

怖い。何が。それすら解らなくて恐ろしい。心地良いことが怖くて。守られることに安心して。甘やかされて不安になる。

何も知らないままでいれば良かったのだろうか。何もできないままで、ただ笑顔でいれば良かったのだろうか。

でも、一つだけ解る。イリアスに、出会わなければ良かった。

人の世界の王が、イリアスでなければ、もっと簡単だった気がする。人の世界の王が、イリアスでなければ、こんなにも残酷なことを知ることはなかった。

ニコラの気持ちは揺れなかっただろうし、嬉しさも恥ずかしさも悲しさも知らずに済んだ。甘やかされることに不安など感じることもなく、可愛がられることに恥ずかしさを感じることもなく、当然だと受け入れていただろう。

もう、何も解らない。解りたくない。知らない。教えないで欲しい。

「ニコラ」

「だって、馬鹿馬鹿しいじゃない……こんな所まで来たのに」

魔の世界から、人の世界に来た。

魔の世界の王から頼まれて、人の世界の王の花嫁になるために、ここまで来た。

その言葉に裏はあるのか。花嫁になるだけではなく、何か違う理由があるのか。ニコラには何も知らされてない。

平和のための約束なのか。戦いのための布石になるのか。魔の世界の王は、ニコラに言わなかった。

そのぐらい自分で気付けと、そう言われているのだと思ったけど、きっと違う。

本当に必要なことならば、ニコラに直接言う。本当に大事なことならば、ニコラは聞かされていた。

ああ、そうか。

やっぱり、自分は何もできない。

可愛がられ、甘やかされ、大事にされる。可愛いだけでいいのなら、人形でもいいじゃないか。甘やかしたいのなら、愛玩動物を飼えばいい。大事にしたいだけなら、宝箱の中の宝石にだって務まる。

馬鹿馬鹿しい。本当に、馬鹿馬鹿しい。

イリアスだって、そうだ。人の世界の王は、ニコラを必要としていない。だから、ニコラが何をしても揺るがないし、翻弄もされないし魅了されない。

なんだ。そうか。自分だけ、だった。

魔の世界の王から承った使命だからと、独り空回っていた。人の世界の王に近付かなければいけないと、独り必死になって突っ走っていた。

情けない。馬鹿馬鹿しいではなく、自分が馬鹿だっただけか。滑稽な独り善がり。いっそ、貶《けな》され笑われてしまえば泣けるかもしれない。

だって、泣けないだろう。ここで泣いたら、自分の負けを認めることになる。もう負けているけど、何も得てないけど、泣くのは卑怯だと思う。

解っていると、ニコラはじりじりと冷える頭を押さえて言った。

「お父様にお強請《ねだ》りしてあげる。やっぱり人の世界と戦いましょう、って」

「ニコラ！」

誰でもいい。ニコラじゃなくていい。魔の世界から来た花嫁ならば、イリアスは誰とでも結婚するのだろう。

それが、地位の高いものの宿命だ。

人の世界の王である限り、政《まつりごと》の一環として結婚はある。

そうだ。ニコラだって、同じだ。どうせ誰かと結婚するのだから、人の世界の王と結婚したって同じだと思ってここに来た。

可愛がられたのは、魔の世界から来た花嫁だから。

甘やかされたのは、魔の世界の王の娘だから。

大事にされたのは、魔の世界と人の世界の戦いが終わった証だから。

それが、悔しい。悲しい。苦しい。叫びたくなる。泣きたくなる。心が引き千切《ちぎ》られて、ばらばらになる。頭が割れて、思考が散り散りになる。

「ティフォンだって帰りたいでしょう？　私も帰りたい‼」

勝手に使命を気負って、勝手に必死になって、気付かないふりをしていた感情にニコラは気付いてしまった。

何もかもが、示しているじゃないか。どうして気付かないふりができたのか。どうして、そうじゃないと思っていたのか。

ああ、嫌だ。こんなのは、嘘だ。有り得ない。

イリアスを好きになっていたなんて、気付きたくなかった。

だって、違う。全然、違う。聞いた話では、恋とは綺麗なものだった。読んだ話では、愛とは優しいものだった。恋する気持ちは甘く切なく、愛する心は温かく安心する。目が合うだけで幸せを感じ、話をすれば柔らかな気持ちになって、抱き合えば心が安らぐ。

認めたくない。こんなのは違う。自分はイリアスを好きじゃない。最初から、嫌いじゃないけど好きじゃないと思っていた。

ほろりと、涙が零れる。頬を伝って流れていく涙に、胸が苦しくなる。頭の痛みは酷いことになっていて、耳鳴りが痛みを増幅していた。

「もういらないっ‼　帰るっ‼　イリアスなんて死んじゃえばいいんだっ‼」

「ニコラっ‼」

酷く痛む頭を押さえて蹲《うずくま》れば、ティフォンがベッドに上がってくるのが解る。ゆらゆらと揺れて、目の裏が熱を持っているのが解る。

死にそう、だ。息ができなくて、心臓が止まる。心は千切れて粉々に割れ、死んでしまいたいとニコラは目を閉じた。

だって、イリアスを好きになって、どうなるというのか。終わりを考えれば、ニコラの手は恐怖で震える。

「……ニコラ」

「………………」

ゆるりと、ティフォンが頭を擦り付けてくるから、ニコラは震える手を伸ばした。

怖い。もう、やだ。このまま死にたい。魔の世界に帰りたいけど、きっと帰ったって忘れることはできない。

身体が、覚えている。香りを、覚えている。温かさを、掌の感触を、腕の強さを、優しい声も覚えている。

もう、駄目だ。認めてしまえば、どうしようもなく気持ちはイリアスに向かっていった。

どうして、こんなことになってしまったのだろうか。そんなつもりはなかった。本気で好きになるなんて思ってなかった。嫌いじゃないけど好きじゃない程度の男を、どうして叫びたくなるほど好きになってしまったのか。

でも、そうか。ニコラは、好きという感情を知らない。恋も、愛も、絵空事であり現実ではなかった。恋と、愛が、こんなにも激しい感情だとは知らなかった。

「何か、あったのかい？」

「……なに、も、ない」

「嘘はいけないよ。僕に話してごらん」

きゅうっと、ティフォンを抱き込む。あまり毛が長くないティフォンでも、抱き締めるとふわりと温かい。

たしたしと、尻尾で背を叩かれ、ニコラはゆっくりと息をした。

頭が痛い。苦しい。もう二度とお酒なんて飲まない。甘い、蕩けるように甘い、あんな酒は二度と飲まない。

「……嫌い、だったの」

「そう」

誰をとか、何をとか、ティフォンは聞かなかった。

大きく息を吐けば、熱い重たい息が零れる。涙と一緒に、ほろりと零れてじわりと染みていく。

溺れているみたいだ。藻掻いているみたいだ。閉じ込められているみたいだ。

ティフォンに問われていれば、答えられなかっただろう。でも、ティフォンは問いかけない。だから、ニコラは独り言のように呟く。

「……あんなのが、わたしの隣を歩くなんて、嫌だったの」

驚くぐらいに好みじゃなかった。服装も、髪型も、大きな体軀も好きじゃなかった。にこにこと幼く見えるぐらいに笑う顔も好きじゃなかった。

唯一、声だけはいいかもしれないと、そう思うことにした。

「意地悪なのよ……夜這いに行ったら、中に入れてくれなかったの」

「それは酷いね」

「わたしのこと、なんとも思ってなかったの……脱いでも、涼しい顔、してた」

だから、気付く。イリアスも自分と同じなのだと気付いて、これが政略結婚なんだと思い知らされる。

愛だの、恋だの。そんな綺麗なものを求めていたわけじゃない。

でも、自分が欲しがられないなんて、思いもしなかった。

「……結婚、しなきゃいけないんだって……結婚、したくなくても、しなきゃいけないんだって、そういうのだって気付いたの」

「そうだね」

「……でも、わたし、可愛いし、綺麗だって褒められてたし、なんでも贈られたし」

手に入らないものはない。だから、手に入れたいものもない。

手に入らないなら欲しくない。だって、何を言っても手に入らない。

魔の世界は、人の世界と戦っていたから、ニコラは城から出してもらえなかった。欲しいものなら手に入ったし、家庭教師に教育も受けている。何一つ不自由はなかったけど、
何一つ自由になるものはなかった。

「好きになってもらえると……欲しがってもらえるんだって……全部、思い通りになるんだと思ってた……」

父ではなく、魔の世界の王から使命を与えられる。

人の世界の王に嫁いで欲しい。ニコラにしかできない。そう、言われた。

「……で、も……すきに、なったの」

その言葉に、その使命に、何か他の意味はあるのだろうか。言われなかったと、意味を考えずに生きていいのだろうか。

人の世界と魔の世界の戦いは終わり、平和の約束のために嫁ぐ。

それなら、いい。そうだと、いい。

「き、嫌いだったのに……好きに、なったの……」

でも、戦いは終わってなくて、次の一手のための布石だったら、ニコラはイリアスを裏切らなければならなかった。

簡単だと思っていたのに、どうしてだろう。

父や兄姉を思えば天秤にかけるまでもないと思っていたのに、どうしてだろう。

どうして、こんなにイリアスを好きになってしまったのだろう。

「すごく……すき、なの……」

「そうか」

自分の感情が解らなくて、自分の感情が制御できないなんて知らなかった。

恋とは可愛いものじゃなかったのか。愛とは美しいものじゃなかったのか。もしも、ニコラに使命がなければ、もっと簡単だったのだろうか。

そんなことを考えて、ニコラは苦々しく自嘲《じちょう》した。

馬鹿馬鹿しい。きっと、そんなに簡単なものではない。悩むものがなければ、違う悩みが出るに決まっている。

だけど、今は。好きになってもいいのかと、心が悲鳴を上げていた。

「うん……好きになって、いいのかな？」

「ニコラがそこまでイリアスを好きなら、イリアスがニコラを好きにならないはずがないだろう」

優しいティフォンの声に、ニコラの気持ちが晴れていく。零れていた涙は乾き、少し頬が痒《かゆ》いから手で拭う。

だって、それだけでいい。イリアスを好きになっていいと、ティフォンはそう言ってくれた。

「何を心配しているのか解らないよ」

「……だ、だって」

「イリアスと結婚するんだよ？　君がイリアスを好きにならないのなら、僕は魔の世界に君を連れ帰るさ」

呆れたように言うティフォンに、ニコラは苦笑する。苦笑するしかできない。安心して、渇いた涙が零れそうになる。

「魔の世界の王に言われただろう？　人の世界の王に嫁げ、と」

「うん」

「君が話を聞いていないのは解っているけどね。嫁ぐ相手を好きになってもいいか、なんて聞かれるとは思ってなかったよ」

たしたしと、尻尾で背中を叩かれて、ニコラは少しだけ泣いた。

ああ、馬鹿馬鹿しい。そうか。思い込みか。間違いだ。気取って、気負って何に格好つけたかったのか。全部、勘違いとか有り得ない。どんな喜劇だって、これには敵《かな》わないだろう。

だけど、道化師になっていたのに、嬉しいと思う日が来るとは不思議だった。

滑稽《こっけい》なだけのピエロだったとわかったのに、嬉しくて仕方がない。情けなくて嫌いだった道化師だと言われても、今は安堵しか感じない。

ぎゅうっと、温かいティフォンを抱き締める。ニコラが力一杯抱き締めても、大きな猫であるティフォンは苦しいと言わなかった。

「まぁ、あの男は……あの男が悪いね。うん。ニコラがそんな馬鹿なことを言うのは、全てあの男のせいだろう」

「……え？」

安心してティフォンに抱き付いていたのに、低く唸る音が聞こえてくる。力一杯抱き締めているのが苦しかったせいかと思ったけど、そうではないようでニコラは首を傾げる。

「心配だったのだろう？　確かに、あの男は最初、君と結婚するつもりはなかったようだし。そのせいで不安だったんだよ、君は」

「……そ、そう」

そうじゃないと言いたかったけど、なんとなくティフォンの迫力に負けて、ニコラは頷いておいた。

今更、恥の上塗りをする必要もないだろう。魔の世界の王から承った使命に、裏があると思ってましたなんて、言い出せる雰囲気でもない。

「だけど、僕の育てたニコラだからね。あの男も陥落するさ」

「……そう、なのかな？」

「……気付いてないのかい？」

不穏な空気を感じて、ニコラはティフォンの毛に顔を埋めた。

これは、説教が始まる空気だと思う。産まれた時からティフォンと一緒にいるのだから、そのぐらい解る。それだけ説教されているのだと思えば悲しくなるけど、ティフォンから説教を取ったらティフォンじゃなくなると思っていた。

でも、抱き付いて毛に顔を埋めたぐらいで、ティフォンの説教を逃れられるわけもない。

「いいかい？　僕はね。君の結婚は慎重になるべきだと常々思っていてね。然《しか》るべき手順を踏んで、然るべき相手と結婚させたかったんだよ」

「え？　あ、はい……」

「そもそも、政略結婚にしてもほどがあるだろう。平和の象徴。戦いが終わった証。そんな大義が君に務まるかい？」

魔の世界では何も言わなかったティフォンは、色々と思うところがあったらしい。あったらしいが、反論したくなるのはどうしてだろう。

しかし、説教中のティフォンに反論すれば倍々で説教時間が長くなるので、ニコラは黙っていた。

「その証拠に……軽率に夜這いなどかけて……」

「……あれ？　夜這い推奨になったんじゃなかったの？」

「あの男の喉笛に噛み付いて君の軽率な行為、一夜目の夜這いの記憶が消えるのなら、推奨しなかっただろうね」

思わずティフォンの毛から顔を上げたニコラは、そっと再度ビロードの毛並みに顔を埋める。

怖い。これは、怖い。今、ティフォンの目を見てはいけない。

実際に、軽率な行為だったと解っているから、ニコラは目と口を閉じた。

「夜這いをかけてしまった事実は消せない」

「………」

「ニコラの肌を見て、ニコラの肌に触れたのなら、責任を取ってもらいたい」

なんて言っていいのか解らない。解らないけど、本当に自分は勘違いしていたのだと、ニコラはしみじみ思う。

ここまで言うティフォンが、使命の裏だなんてことを許すはずがない。人の世界の王を陥落し、次の戦いの布石になるよう操れなど、言われた瞬間に飛びかかりそうな勢いだった。

本当に馬鹿だったと思う。どうして、あんなことを考えてしまったのか。悩みが解決すれば、今までの悩みなんて大したことはないと思うけど、これは最たるものだ。

今さっき解決したばかりの最大級の悩みを感慨深く思っていると、とても静かな声が聞こえてきた。

「大体にして、僕はあの男が気に入らない」

「…………え？」

「あの男は、ニコラに相応しくない」

淡々とティフォンは言うけど、ちょっと困ってしまう。大きな溜め息を吐いてから、ぶつぶつと何か言っているけど聞き捨てならないだろう。

思わずティフォンから手を離してみたが、青緑の瞳に睨まれて、ニコラは条件反射で正座した。

ゆったりと、ティフォンはニコラの正面に回ってくる。ぴんと、尻尾を立ててニコラに近付いてくる。

「いいかい？　しっかりと自分を保つのだよ」

「……な、なんの話なの、でしょうか？」

なんだか話がわけの解らない方向に向かっているようで、ニコラは正座しながら背筋を伸ばした。

ティフォンはイリアスが気に入らなくて、ニコラは勘違いしてて自分を保たなければいけない。

そうか。全然まったくコレっぽっちも意味が解らない。

使命の裏だとか勘違いしていたせいで、積もりに積もった鬱積《うっせき》が爆発して、それを二日酔いが加速させて混乱していた。

たぶん、まだ、きっと、混乱している。道化師だったと解った羞恥と、そんな馬鹿なと自分の馬鹿さ加減を信じたくない気持ちが混ざって、まだ混乱している。

そのせいにするつもりはないけど、本当に意味が解らない。

「あの男は君を駄目にする。甘やかし依存させ一人で歩けなくする。そういう男だ」

「…………そ、んなことは、ないんじゃ、ないかな？」

ティフォンの声に相槌というか反論が遅れたのは、ニコラ自身になんとなく心当たりがあるからだった。

なんとなく頷けてしまうのが恐ろしい。

ニコラはイリアスの傍にいると、物凄く安心するし寄りかかりたくなる。甘えたくなるなんて初めてで、助けて欲しいと思った気がする。

心を許してはいけないと思った相手に、守ってもらいたいなんて思う日がくるとは思わなかった。

「あまり侮っていると、鎖に繋がれて監禁されるぞ。せいぜい、甘えて寄りかかって依存しているフリをしなさい」

「……………………」

ちょっと、本気でどうしていいか解らない。

使命の裏なんてなくて。イリアスのことを好きになっても良くて。ティフォンはイリアスを気に入らないと言う。

だけど、イリアスは、自分を駄目にするらしい。しかも、鎖に繋いで監禁されるから、依存しているふりをしなきゃいけないらしい。

本当に、本気で、わけが解らなかった。

「……え、えっと……ふり、した方がいいの？」

「その身をもって知るのもいいだろう。僕は助けない。見なかったことにする」

「…………」

脳味噌がついていかない。思考が豆腐のように、ぷるぷる揺れる。二日酔いに大泣きに大騒ぎをしたニコラは、意味がわからないけど唾を飲み込んだ。

なんか怖い。何がと、明確には言えないけど、怖い。きっと、正常に動くようになった頭で考えても、何が怖いのか言えないだろう。でも、怖い。

「傲慢で横暴だろうが、イリアスが君を好きなのは間違いないから安心したまえ」

「……な、なんで、そんなことが」

「解るかって？　そんなもの、見ていれば解るだろう！」

シャーっと、威嚇《いかく》するように怒られて、ニコラは涙目になった。

そうか。見ていれば解るのか。ティフォンは頭もいいし目も耳もいい。きっと、自分では気付けない何かを見ているに違いない。

「……そ、そう。えっと、うん。好きに、好きになってもいいのか」

「好きにならなければ監禁だろうね」

きっぱりとティフォンに言われて、ニコラはこくこくと頷いた。

なんだろう。アレだ。そう、アレ。これは、聞いちゃいけないことのような気がする。聞かなければ普通に接することができるのに、聞いてしまったから大変なことになりそうな気がしないでもない。

どうしようか。まだ、二日酔いと大泣きのダメージは残っている。勘違いで道化師だったという羞恥と混乱もある。

なのに、それ以上の爆弾をドンドコ投下されて、ニコラの頭は爆発寸前だった。

「いいかい。ニコラ」

「……はい？」

「君は自分の行動と言動に責任を取りなさい。軽率に夜這いなんてした罰は、ちゃんと己で清算することだね」

真剣に言うティフォンに、こくこくと神妙に頷いているけど、ニコラの頭の中は二日酔いの頭痛が復活している。吐き気や怠さはなくなったようだが、つきつき痛む頭が思考を更に散漫にさせる。

だけど、じんわり幸せだった。

辛いことを考えなくてもいい。終わりとか、考えなくていい。イリアスを好きだと思っていいのだと、ニコラは顔を緩ませる。

「本当に君は危機感がない。最初に言ったはずだろう。君を甘やかす王はいないと」

「……イリアスが甘やかしてくれたから、なぁ」

「あれは下心満載だ」

ふんっと、鼻を鳴らして言うティフォンに、ニコラは首を傾げた。

下心、下心。じんわりと顔を赤くして、下心とかあってもいいかなと思う。毎日のように夜這いして、イリアスの下心は気持ちいいと知っていた。

でも、ツキリと胸が痛む。

少しだけ、不安になる。

「……下心とか、あるのかなぁ」

「………はぁ!?」

「あ、だって、その、下心でしょ?」

夜這って閨にいたのに、ニコラはイリアスの素肌を一度も見たことがなかった。触れられ、翻弄させられる。指が肌を這い、身体の奥まで弄られる。抱き締められて痛くて苦しくて、だけどイリアスの肌の熱さを知らなかった。

本当に、悩みというのは尽きないらしい。

悔しいけど、いくらでも悩みは出てくる。勘違いだったと安心する暇もない。イリアスを好きになってもいいと、嬉しがっている場合じゃなかった。

一週間だ。七回、ニコラはイリアスのベッドで寝ている。朝まで一緒にいる。なのに、どうして一度もイリアスの素肌を見たことがないのだろう。

結婚前に遊ばれているのではないか。初めてだから面倒だと思われてないか。子供だからと本気にされていないのではないか。

魔の世界から来た花嫁だから、しかたないと思われていたらどうしよう。

「まったく何を心配しているのやら……おや?」

ひくりと、耳と尻尾をピンと伸ばしたティフォンは、大きなベッドから飛び降りて窓に向かっていった。

突然の行動に、ニコラは首を傾げる。

ゆったりと、ゆっくりと、それでも綺麗な所作でティフォンは歩いていく。それを、ニコラは首を傾げながら見つめた。

太陽の明かりに照らされた部屋は、夜に忍んでいく部屋とは違う。

秘密基地のようで面白いイリアスのベッドは、かけられていた布が捲られて、今は広いだけのベッドになっている。容赦なく降り注ぐ明かりに、ニコラは顔を顰めた。

「……ティフォン？」

イリアスの部屋のバルコニーには、何度か出たことがある。白い華奢なテーブルと椅子が置かれている。そこで、何回かお茶をした。

魔の世界にいたものは、人の世界に馴染むまで時間がかかる。庭に出て具合が悪くなったニコラのために、すぐに部屋の中に帰れるようにと、イリアスがバルコニーでお茶をできるようにしてくれた。

「ねぇ？　ティフォン？」

猫のくせに、ティフォンは器用に窓を開ける。キィっと、窓が開く音はするのに、ティフォンがバルコニーに出る音はしない。

ドアノブや鍵を開けるのに必要な指がないくせに、ティフォンはどこにでも行くし、どこにでもいた。

耳と鼻がいい。気配を感じるのが上手い。言葉を理解し、言葉を操る大きな黒猫は、ニコラの前で真っ直ぐ外を見つめている。

どくりと、心臓が音を立てたような気がした。

なんだか、嫌な予感がする。でも、違うだろう。また、勘違いだ。空は青く、太陽は眩しくて、綺麗なんだけど目眩を感じた。

「……少々、まずいことになったようだ」

「え？」

だけど、嫌な予感は当たる。

不安は明確な形になって、胸騒ぎを引っ掻きながら襲ってくる。

聞き慣れたティフォンの声が、どこか遠くに聞こえた。

「隣国とやらは、この要の城を奪いたいらしい。魔の世界との戦いが終結した今、会合と称して待ち伏せしていたようだね」

「……そ、そう」

よくある話だろう。魔の世界でも聞いた話だ。本にすら載る話なのだから、きっとありふれた話だ。

でも、大丈夫。

だって、イリアスは強い。魔の世界との戦いを終わらせた王だ。長く長く続いた戦いを、終わりに導いた王だ。

どうしてか、ニコラはイリアスが傷付くところを想像できなかった。

「イリアスの率いる部隊に死傷者が出た」

「っ!?」

ティフォンの言葉を理解する前に、ニコラはベッドを飛び降りる。裸足のまま駆けだして、ティフォンの横に並ぶ。

「帰還してくるそうだよ」

「……な、何も、聞こえない」

「僕には聞こえるからね」

ざわざわと騒がしいけど明確な声など聞こえないと、庭の先にある大きな門をニコラは睨んだ。

自分には、何も見えないし聞こえない。綺麗な模様を描いた草花が、迷路だということしかわからない。

でも、ティフォンが言うのなら、そうなのだろうと知っている。

「ね、ねぇ……死傷者、って……」

「……誰が怪我をして亡くなったのか。そこまでは解らないよ」

ぞわりと、背筋に悪寒が走った。

怪我をしている者が誰なのか。亡くなった者が誰なのか。そこまでは解らないと、ティフォンは言う。

どうしよう。どうして解らないのかと詰りたくなる。

「……ほら、帰ってきたようだ」

「……ど、どこに？」

「そろそろ、ニコラにも見えるかな？」

小さな小さな黒い粒のようなものが、大きな門の向こう側から近付いてきた。まだ、何も解らない。解るわけがない。ティフォンだから解るのであって、あの小さな黒い粒が人の世界の部隊だなんて解らない。

心臓が、冷たくなった気がした。

じわりと、指先が冷えていく。なのに汗が出て、掌がぬるりと滑る。身体に血液が流れているのがわかるぐらいに、心臓が動く音が耳に届く。

自業自得と言葉が、因果応報という言葉が、ニコラの頭の中でくるくると踊る。自分の声が、自分の言葉が、さっき吐き出した音が耳鳴りのように響く。

嫌、だ。怖い。嘘だ。だって、そんなつもりはなかった。

死傷者がいると、ティフォンには聞こえたのだろうか。それとも、何か嫌なものが見えたのだろうか。

それが、誰かは、わからない。

「……随分と、物々しい数で向かったんだね。部隊の数までは解らなかったよ」

「……あ、あたし、だって」

イリアスなんて死んじゃえばいいんだ、と。

自分の吐いた言葉に目眩を感じた。

ニコラに、そんな力はない。魔の世界の王の娘だとしても、呪いをかけるような力はない。ましてや、言葉にしただけで叶うなんて、絶対に有り得ないと青くなる。

「どうかしたのかい？　ニコラ？」

「うそ、だから……嘘なの……あたし、そんなつもりじゃ……」

「だから、何が、そんなつもりじゃなかったんだい？」

血の気が引くのがわかって、ニコラは恐ろしさに震えた。

違う。嘘だ。本当に思ってない。そんなことは願ってない。じわりと滲んだ涙を飛ばすように、ふるふると頭を振ってティフォンを見つめた。

「あ、あたし、し、しんじゃえ、って」

「うん？　ああ、そうか。君にそんな力はないだろう？」

解っている。そんなことは、解っている。

そうじゃない。そうじゃなくて。口に出してしまったことが、ニコラの心を雁字搦《がんじがら》めにした。

手足が震える。息が浅くなる。怖い。だって、勘違いだって解ったのに。どうして。辛い終わりなんてないのに。どうして今なのか。

もう、いい。自分が悪かった。望まない。もう、望まない。ニコラは祈るモノもないくせに、必死に願った。

好きになってくれなくてもいい。

好きなだけでいい。

魔の世界からの花嫁だからしかたなく結婚してくれるのでもいい。政略結婚だから。人の世界の王としての義務を果たすだけでいいから。生きて傍にいてくれるのなら、なんでもいいから。なんでもいいから。なんでもするから。

必死に祈っていると、ティフォンがすいっと前に出た。

「ほら、ごらん。帰ってきたようだよ」

「ど、どこ?」

「今、門をくぐっただろう?」

解らない。門の辺りは、人が多過ぎる。わちゃわちゃと、色々な色が重なって、何がなんだか解らない。

まるで、虫だ。気持ちが悪い。せめて、避けてくれたらいいのに。どうして、そんなにも集まるのか。心臓が破裂しそうだ。退いて欲しい。姿が見たい。一目でいい。

帰って来たとティフォンは言うけど、解らないからニコラは踵を返した。

裸足のまま、イリアスの部屋を出る。後ろからティフォンの声が聞こえるけど、どうしても駄目なら追いかけてくるだろう。

だって、見えない。人が多過ぎて。門に集まる人が多くて。ここは人の世界だけど、人が多過ぎて何も見えない。

あのバルコニーからイリアスを見付けるのは難しいだろうけど。門の辺りではニコラには解らないから。待っているなんてできない。

壊れそうな心臓を押さえながら、ニコラは必死になって走った。

階段を転びそうになりながら下りて、ホールを突っ切る。どうして、自分の背には羽根がないのだろう。もっと、速く。速く。

そんな足を遅くさせたのは、遠くから聞こえてきた誰ともわからない声だった。

大怪我。弔《とむら》い。急げ。すぐに。誰が。わからない。わからない。

ぞわっと、ニコラの全身に悪寒が突き抜ける。どろりとした重たい脂汗が、心と身体を一瞬にして冷やす。

血の気が引いて目眩を感じたニコラは、縺《もつ》れる足を叱咤して外を目指した。

何度も転びそうになる。でも、駄目だ。今、ここで、膝をついてしまったら二度と立ち上がれないような気がする。

「……イリア、ス」

恐怖で上がる息と一緒に、ニコラは愛しい男の名を呼んだ。

ああ、どうしよう。ここで泣き喚《わめ》きそうだ。狂ったようにイリアスを呼んで、壊れた心のまま爪で己の皮膚を引き裂けば、吐き出した言葉は撤回できるだろうか。そんなつもりじゃなかった。本気じゃなかった。嘘だった。自分が弱いだけで、八つ当たりをした。

怪我をしたのが、イリアスでなければいい。

亡くなったのが、イリアスでなければいい。

酷いことを思っている。誰もが思う当たり前で残酷なことを考えながら、ニコラはイリアスの姿をこの目に映したかった。

柔らかな絨毯。硬い床。踏みつけて転びそうになって、正面の扉を目指す。大きな扉は開いたままだ。ニコラは翼竜で人の世界に来たから、この扉をくぐるのは二度目になる。

一度目は庭に行った時で、こんなに大きな扉だったかと、どうでもいいことを考える。

太陽の明かりは眩しすぎる。何もかもが解って、何もかもが目に痛かった。

「イリアスっ‼」

大きな扉をくぐれば、大理石の階段がある。石畳の道が庭を回るようにあって、もう大きな門は見えない。背丈の高い草花が正面を覆い、門から直線で来られないようになっていた。

戦いのためだと、そう言っていた。

綺麗な草花すら迷路になって、攻め入られないためにできている。でも、もどかしい。

門をくぐったのは解っているのに、姿が見えなくてニコラは階段を下りた。

「イリアスっ‼　イリアスっ‼」

石畳の上に足を下ろして、走りだす前に何かの音が聞こえる。大きな四つ足の獣の足音かと、ニコラは一歩を踏み出した。

これが、ティフォンの言っていた馬だろうか。大きな四つ足の獣は美しく、前足を振り上げその身を止める。

目の前で前足を振り上げる獣は、怖いとは思わなかった。

でも、鉄の塊のようなものが四つ足の獣から降りてきて、真っ直ぐニコラに向かって歩いてくる。それは、怖い。

一歩、下がる。足の裏に石畳の感触を感じて、気を取られている間に抱き上げられた。

慌てて身を捩れば、知った香りに身体が硬直する。鉄に覆われた大きな手が、顔の辺りにある鉄を動かす。

こんな構造になっているのかと目を見開けば、珍しく顔を顰めたイリアスがいた。

「ティフォン‼　一体、君は何をしていたんだい⁉」

「止めたって聞かない子だって、君だって知っているだろう⁉」

何か、言いたいことがあったような、気がする。口を開けても、喉から何も出てこなくて、ニコラは目と口をぽかりと開けてイリアスを見る。

でも、鉄の塊の中にいるイリアスは、ニコラを見ていなかった。

だから、息ができる。全身の力が抜けて、ようやく息を吐き出せる気がする。心臓がゆっくりと音を立てているのがわかって、ニコラは心を落ち着けるため大きく息を吐き出した。

どうしよう。魂まで口から出ちゃった気がする。

悟りを開いたというか、ガックリ気が抜けたというか、なんかもう体力も気力も尽きたような気がした。

「なんのためのお付きだっ‼」

「だらだら愛でるだけ愛でて、しっかり手綱《たづな》を握らない君のせいだろう‼」

イリアスとティフォンの会話は、どこか遠くで行われているような気がする。酷く現実味がなくて、ニコラはぼーっとイリアスとティフォンを見ていた。

もしかして、馬鹿になってしまったのだろうか。それとも、気絶寸前という感じなのだろうか。とにかく、どうにも力が入らない。

今日は朝から色々と有りすぎた。二日酔いに、勘違いで爆発して、大泣きに大騒ぎで、詐欺《さぎ》だ。死傷者詐欺というか、またまた勘違いというか。

そうだ。どうして気付かなかったのだろう。人の世界の王が亡くなったなんてことになったら、それはそれは大騒ぎになる。門のところに人集《ひとだか》り程度で済むはずがなかったと、やっぱりニコラはどこか遠くで思う。

怒りを顕《あら》わにするイリアスは初めてだな～とか。怒鳴り声も響き渡るんだな～とか。空気をピリピリさせるような冷たい雰囲気を出すんだな～とか。どうでもいい感じで見ていれば、イリアスの深い緑色の瞳がニコラを捕らえた。

「こんな格好で……しかも裸足じゃないか！　怪我をしたらどうする！」

「……ご、ごめんなさい？」

「………………はぁ」

物凄く大きくて大袈裟な溜め息を吐かれてしまい、ニコラは首を傾げてイリアスを見る。はっきり言って、怒鳴られる意味が解らない。ついでに言えば、鉄の塊は硬くて冷たいとか思っていた。

でも、イリアスの怒りは消えたらしい。その代わりに呆れた顔をしているけど、ニコラはぼんやりと緑色の瞳を見つめてしまう。

「ああ、もう……」

「イリアス？」

更に大きな溜め息を吐いたイリアスは、ニコラの額に額をぶつけた。

ガシャンと、額に鉄がぶつかって、ニコラは目を丸くする。痛いというほどではないが、驚いた。なんだか目が覚めたというか、夢から引っ張り上げられたというか、急に現実的になったイリアスを見て、ぱちぱち何度も瞬きをする。

「ティフォン」

「ああ、解ったよ。会議だろうがなんだろうが代わりに出てやろうじゃないか」

「そこの若い臣下が詳しいことを知っている。頼んだよ」

上の空でイリアスとティフォンの会話を聞いていたのは、今の状況に驚愕と羞恥と混乱を感じていたからだった。

じたじたと、手足を揺する。こんな公衆の面前で、鉄の塊といえどイリアスに抱き上げられているなんて恥ずかしい。子供じゃないんだからと、顔を真っ赤に染めてイリアスを睨み付けたのに、涼しい声で咎められた。

「逃げては駄目だよ……何をするか、解らないからね」

「……な、なにを、誰が？」

「私が、君に、何をするか解らないよ」

「…………は、い」

素直に頷くつもりなどなかったのに、本能が頷いておけと言う。第六感というか、危機感というか、今のイリアスに逆らうなと直感した。

なんだろうか。どうして怖いのか。優しく咎められて、どうして恐ろしいと感じるのだろうか。幼く見える笑顔だって怖いと、ニコラは大人しくイリアスの腕の中に収まることとにした。

ガシャリガシャリと、金属音が響き渡る。

確か、この鉄の塊は甲冑《かっちゅう》という名前だったような気がする。こんな重たそうな装備をしているのに、ニコラまで抱え上げて軽々歩くイリアスに驚いた。

「……ねぇ」

「何かな」

「…………なんでもありません」

初めてかもしれない。こんなに冷たい声を聞いたのは、初めてかもしれない。冷たく威圧感のある声が、ニコラの他愛のない質問を霧散させる。

でも、どうして、こんな冷たい声をかけられているのだろう。怒っているのか。拗ねているのか。苛々しているのか。ニコラにはわからなかった。

そっと、イリアスの顔を盗み見る。機嫌が悪そうな、真剣な表情。眉を寄せ、薄い唇を引き結んでいる。

無事で良かったと、ここまできて、ようやくニコラは心から思えた。

触りたいと思うのは駄目だろうか。頰を撫でて、眉間の皺を伸ばしたいと思うのは、駄目だろうか。

寂しいというより、虚《むな》しい。無事だったのだから、イリアスが自分を見なくてもいいけど、触れられないのは悲しい。

うずうずと、触れたがる自分の指をどうしていいか解らなくて、ニコラは目を逸らすように周りを見た。

大きな正面玄関を潜り、大階段の見えるホールを突っ切る。迷いもせずにイリアスは大階段を上がっていくから、どこに向かっているのかと不思議になる。

「……イリアス。どこに行くの？」

「風呂だよ」

「……お風呂、かぁ」

そろりと、イリアスの身体を見て、ニコラは頷きそうになった。

甲冑というのを初めて見たが、本当に鉄の塊でびっくりする。こんな鉄の塊を着ていれば、風呂にも行きたくなるだろう。むしろ、どれだけの重さがあるのか気になってしまう。

なのに、抱えられているというのはまずいのではないだろうか。自分で歩けるのだから、イリアスに迷惑をかけないようにした方がいいような気がする。

「……イリアス。わたし、自分で歩けるから」

おどおどと、ニコラはイリアスの顔を覗き込んで言った。

使命に裏があると勘違いしていた時は、あまり考えなかったけど、好きなんだから嫌われたくない。魔の世界でも、ニコラは身長が高い方だから、もしかしたら重く感じるかもしれない。

「また、逃げ出すのかい？」

「…………え？」

なのに、優しく笑いながら言うイリアスに、ニコラは首を傾げることしかできなかった。

逃げ出す。逃げる。誰が、逃げるのだろうか。もしかして、自分のことを言っているのだろうかと思うけど、逃げた記憶がないので解らない。

「……逃げるって、誰が？」

「君が」

「……わ、わたし？　わたしが、どこに？」

「さぁ？　どこにも逃がさないから、どこに行きたいのかは解らないね」

逃げた記憶もないのに、逃がさないと言われて、ニコラはどうしていいか解らなくなった。

イリアスは何を言っているのだろう。まだ、自分は混乱しているのだろうか。今朝は本当に色々なことがあり過ぎて、もしかしたら混乱したままなのかもしれない。

でも、逃げた記憶はない。本当にない。どこにも、ない。

ぐるぐる色々なことを思い出して、思い出さなければ良かったと思う悲しいことまで思い出して、ニコラは顔を顰めて視線をイリアスに向けた。

「……イリアス？　わたし、逃げてないよ？」

「では、どうしてベッドから出たのかな？」

「………そ、れは、えっと」

勘違いしていましたと、恥ずかしくて言えないニコラはイリアスから視線を外す。死傷者詐欺だと思って慌ててすっ飛んで来たと、情けなくて言えないからニコラは赤くなる。

ひたりと、イリアスはニコラを抱き上げたまま立ち止まった。

「どうして？　ニコラ」

「……え、えっと、あの、逃げてなく、て」

冷たく見えるほど真剣な瞳が、ニコラを捕らえにくる。視線を逸らしているのに、顔の目の前で見つめられたら、どんどん頬が熱くなるのが解った。

恥ずかしい。使命の裏とか考えて、道化師だったと気付いた時には安堵したのに、それを誰かに言うのは死ぬほど恥ずかしい。それは言わなくていいのかもしれないけど、似たようなものだろう。勘違いは、真剣であれば真剣だっただけ、恥ずかしさが募ると知った。

あうあうと、口をぱくぱくさせる。

ちらりと、イリアスを見れば、深い緑色の瞳が自分を貫く。

「……ティフォンが、死傷者、とか、言うから」

「ああ。心配してくれたのかい？」

ようやく、にこにことイリアスが笑みを浮かべるから、ニコラは羞恥で爆発するかと思った。

そんなに嬉しそうに笑わないで欲しい。最後まで言ってないのだから、勘違いだったらどうするつもりなのか。勘違いじゃないけど。心配したんだけど。心配というより後先考えずに走ったのだけど。怖かったんだと、ニコラは真っ赤な顔で、嬉しそうなイリアスを睨み付けた。

「……ばっ、馬鹿だったって解ってるけど！　イリアスに何かあったら、もっと凄い騒ぎになるとか解ってるけど！」

「うん」

「でもっ、ティフォンが誰が怪我してるかわからないって……こ、怖かったんだから！」

泣かないで、と。優しい声が聞こえてきて、ニコラは自分が泣いていることに気付く。頭を撫でられても鉄の塊の感触は嫌で、いやいやと必死に頭を振る。

こんなことでは騙されない。だって、怖かった。本当に。心臓が止まってしまうと思っていた。息ができない恐怖など知りたくなかった。

うーうー唸っていれば、イリアスは走りだしたらしい。ゆらゆら揺れて、滲む景色が流れていくのが解る。

「ほら。そんなに泣いては駄目だよ」

「うーっ……」

ずらりと並んだ使用人達が、一つの部屋の扉を開けて待っていた。

大きな部屋だと思う。涙で滲んでよく解らないけど、広い部屋に使用人が両脇に並んでいる。

なんで、こんな大勢いるのだろう。そんなことを思っていたら、使用人達がイリアスの鉄の塊を外していった。

甲冑というのを初めて見たが、留め具や紐で着付けてあるらしい。部屋に入ってから、ゆっくりと歩くイリアスに使用人達が跪《ひざまず》き、甲冑を素早く脱がせていく。

頭に足に腕にあった甲冑が外され、ニコラはそっと床に下ろされた。

「ニコラ」

「……だって」

無意識に、ニコラはイリアスの指を掴む。離れてしまった腕が恋しい。馬鹿みたいに、切ない。それでも指を離して、甲冑が脱がされていくのを見る。情けない声を出している自覚はあったけど止められなくて、イリアスを睨み付ける間に使用人達は下がっていった。

ようやく、綺麗に甲冑を外されたイリアスに、強く抱き締められる。ぎゅうっと、抱き締めてくれるから、ニコラはイリアスの背に腕を回す。

嬉しいと思うのは、この気持ちを捨てなくていいからだろう。恋しくて愛しくて切なくなる気持ちは、イリアスを好きだという証拠だと思った。

「心配させたね」

「……し、んぱい、より……怖かった……」

自分の吐いた言葉を悔いて、もう二度と言わないと心に誓う。まだ、指が震えている。

イリアスの背中に爪を立てて、縋り付くみたいに抱き付く。

頭を撫でられてから、あやすみたいに背中をぽんぽんと叩かれ、ニコラはもう泣かないように深呼吸した。

「怖かった？」

「だって、こうやって、抱き締められないのは……怖い……」

好きなだけで、いい。好きでいられるのなら、いい。そう思っていたけど、自分の心は欲張りだった。

政略結婚でしかたないと思われてもいいけど、撫でて欲しい。好きになってくれなくてもいいけど、抱き締めて欲しい。

どんどん欲望は膨らんでいって、そっとニコラは顔を上げる。

「……そうだね。心配させたお詫びに洗ってあげよう」

「…………え？」

そっと額にキスをされ、ニコラは目を丸く見開いた。

何を言っているのだろうか。そういえば、温かな湯の香りがすると、物凄く今更なことを思ってしまう。そうか。ここは風呂場だった。そういえば、そうだった。イリアスは風呂に行くと言っていたと思い出す。

うろうろと視線を彷徨《さまよ》わせ、怯えるようにニコラは一歩だけ下がった。

「腕を上げて」

「……え？　は？　きゃっ⁉」

つるりと、寝間着が剝ぎ取られる。

確かに少し大きめの寝間着だったけど、いくつもある釦の立場がないと意味の解らないことを思う。こんな簡単に脱がされてしまったけど、今朝釦を留めたのはイリアスだからいいのか。いや、駄目だろう。だって、寝間着の下は何も着ていなかった。寝間着を脱がされてしまえば、ニコラは素っ裸だ。

だけど、咎めるより前に、目の前のイリアスに視線が釘付けになった。

キルティングのベストに、麻のシャツ。イリアスがズボンと下着を脱ぐところを、まじまじと見つめてしまう。

はしたないとか、破廉恥だとか、そんなことはどうでもいい。目の前でイリアスが脱いでいるのだから、初めて脱いでいるから、ニコラは目を離せなかった。

背が高いのは解っている。服を着ていても、腕が太いのは解っている。抱き締めれば厚みのある身体だと、手を握られれば大きな掌だと解っているのに、見ただけでびっくりした。

しっかりとした筋肉に、古い傷痕。あんな鉄の塊を着て戦っているせいか、肌は意外と白くて驚く。後ろの髪留めを外す指先すら目を離せず、茶色の髪が背に落ちるのを見届けてしまう。

「何か、珍しいものでもあったかな？」

「……………男の、人の、身体って、初めて見た」

「そうか」

なんとか、理性が好奇心と激戦して、イリアスの股間だけは見ないようにできた。

呆然とイリアスの身体を見ていると、苦笑されてしまうから視線を外そうとする。困ったみたいな笑みを浮かべるくせに、どこも隠そうとしないから、ニコラが目を逸らすしかない。

「……ねぇ、イリアス……イリアスの裸、初めて見た」

「そうだね」

必死になって身体から視線を外し、イリアスの瞳を見ると抱き上げられた。

ぐわりと、恥ずかしさが全身を駆け巡る。どきどき、する。体温が上がっていくのが解る。何も隔たりのない肌が触れ合って、頭に血が上るのが解った。

どうしよう。これは、まずい。イリアスの肌を見てみたかったけど、肌が触れ合う心地良さにドキドキが止まらない。

好きでいてもいいという安心感は、ニコラにとてつもない羞恥を運んできた。

もう、なんて言うか。どうしようもない。これだけの男の身体を持つイリアスに、夜這いをかけた自分も信じられない。ベッドで色々と意地悪をされたことも思い出して、信じられないと首を振る。

「どうしたのかな?」

「はっ……恥ずかしいっっ……」

自分の顔を自分の手で覆って、ニコラはいやいやと頭を必死で振った。

なんでもなかったはずなのに、どうしてこんなに恥ずかしいのだろうか。自分の裸は恥ずかしいとは思わないし、自慢してもいいと思うけど、イリアスの肌に触れてしまえばどうしようもなく恥ずかしい。

好きだから、なのか。好きだと認めたから、なのか。心持ちが変わるだけで、世界が変わる。指の隙間からイリアスを見れば、楽しそうに笑っているから顔を顰めた。

「もうっ……笑わないっ!」

ぽかぽかと、顔から手を離したニコラはイリアスの胸を叩く。情けないけど、赤くなった顔がわかるから、ぷいっと視線をイリアスから離す。

そして、びっくりした。

魔の世界で風呂といったら、バスタブに湯を溜めて使うのが一般的だ。人の世界に来てからも、ニコラの部屋にバスタブを持ってきてもらって入浴していた。

でも、ここは、なんだろう。

部屋一面に湯が張ってあり、奥の方から湯が落ちる音がする。きょろきょろと周りを見渡すと、湯はイリアスの膝上ぐらいまでしかなかった。

呆然とするニコラは、びっくりしすぎて羞恥を忘れる。だって、凄いだろう。イリアスの秘密基地みたいなベッドも凄いと思ったけど、これも凄い。

人の世界は不思議なモノばかりだと、ニコラは目を丸くした。

「……お、お風呂？　ここ、お風呂なの？」

「風呂だよ。魔の世界の風呂は違うのかい？」

一面湯だから、部屋が湯船になるのかもしれない。でも、湯船にテーブルがあって、そこに身体を洗うためのものが置かれてるとか、かなり不思議な感じがする。

「……違う……全然、違う……こ、コレ、なに？」

テーブルの上に、オリエンタルな椀が置いてあって、その中に泡が山盛りになっていた。本で見たことがある。青磁の椀じゃないのだろうか。それに白とピンクと水色の泡が山盛りになっている。

硝子瓶に入っているのは、シャンプーリンスだろうか。それとも何か違うものなのだろうか。本当に意味がわからなくて、ニコラの目がキラキラ輝きだした。

「身体を洗うものだよ。石鹸を泡立ててある」

「なんで、泡立てておくの⁉」

「使いやすいからじゃないのかな？　ほら、ニコラ、ちゃんと立って」

そっと、湯の中に足を下ろされる。イリアスだと膝上ぐらいまである湯だけど、ニコラは腿の半ばまで浸かってしまう。

それよりも、イリアスがピンク色の泡を手に持ち、首を撫でるみたいにして泡を擦り付けるから身体が硬直した。

いやらしくは、ない。情事の匂いだって、ない。

でも、おかしいだろう。これは、おかしい。絶対に、おかしい。ニコラの知っている、身体を洗うという行為は、こういうのじゃない。

「ちょっ⁉　なっ、なにっ⁉　なになにっ⁉」

「ニコラ。暴れない」

「暴れるよね⁉　これっ暴れるって‼」

恥ずかしいとか怖いとか恥ずかしいとか、恥ずかしいのに笑いが零れた。

だって、あまりに想像とかけ離れている。洗うというのは、ブラシやタオルを使うことで、手で泡を擦り付けることではない。なのに、あまりにあまりだからか、びっくりが一周回って楽しくなってきた。

お返しとばかりに、ニコラは水色の泡を手に取ってイリアスに撫で付ける。洗っているんだか、遊んでいるんだか、擽っているのか解らない。

「こらこら」

「あははは っ‼ 降参っ！　脇腹止めてっ‼」

泡まみれになって、大笑いしてから、座るイリアスの膝の上に横向きに乗せられた。

ひーひーと、ニコラは肩で息をする。こてりと、イリアスの胸に頬と身体を預け、触れていない腕を素直に任せた。

まだ、イリアスだって笑っている。落ち着いてみれば、泡は花のような香りをしていて、なんだか勿体ない気がする。

でも、楽しかった。逃げようとすれば腕を掴まれ引き戻されるから、イリアスに抱き付いて逃げていた。

「もう、擽らないでっ……お返しっ！」

水色の泡を掬って、ニコラはイリアスの身体を洗う。さっきは笑っていて気付けなかったけど、しっかりと見れば顔に血が飛んでいる。

撫でるように優しく洗って、怪我ではなく返り血だと、安堵の息を吐いた。

ああ、もう。なんだろう。どうしよう。やっぱり自分はおかしいと、ニコラはイリアスを見ながら思う。

朝から感情が揺れ過ぎて、どうにも自分で制御できそうになかった。

「……ねぇ……聞いちゃ、駄目？」

何を、とは言わないで、ニコラはイリアスを見つめる。

きっと、教えてくれない。そんなの解っている。悲しいけど、悔しいけど、ニコラは己の立場というのをわかっていた。

政や戦いなど、ニコラが知っても意味はない。水色の泡はしゅわしゅわ溶けていき、少し驚いた顔をするイリアスの首筋を伝って落ちる。

何もできないのなら、せめて何かできることが欲しい。するりと、誤魔化すみたいにイリアスの肩を泡で撫でていたら、低い声が耳朶《みみたぶ》を擽った。

「戦いは、違う世界とだけ、起こるのではない。同じ世界の中で戦うことの方が多いぐらいだと、解るかい？」

真剣に言うイリアスに、ニコラは目を丸くする。

どうして、解ったのだろうか。何が聞きたいのか言ってないのに、どうしてイリアスは答えてくれるのだろうか。

だけど、嬉しい。胸が苦しくなるぐらいに嬉しかった。

「……うん」

「隣国が、この城の立場を乗っ取りたいというのは解っていたからね」

イリアスが語ってくれたことは、ティフォンが言っていたことと同じだろう。丁寧に、順序よく、一から教えてくれる。

戦いが終わることに納得してない隣国。会議と称して奇襲をかけてくる。全てを解っていて、誘いに乗るふりをして、隣国に白旗を揚げさせてきたと笑って教えてくれた。

嬉しいけど、どうしてだろう。政や戦いに参加できないニコラに、どうして全てを教えてくれるのだろうか。

魔の世界では、ニコラは笑っているだけで良かった。血生臭い戦いから遠ざけられ、薄暗い政から離された。

「ねぇ……なんで、教えてくれるの？　わたしは何もできないのに」

「知りたいのなら教えてあげるよ。当然だろう？」

イリアスが本当に不思議そうな顔をするから、ニコラは自分が特別になったのではないかと勘違いしそうになる。

何もできないことに変わりはない。でも、大事に仕舞い込むだけではなく、ちゃんと説明をしてくれて、それでも何もできないと教えてくれる。

違わないのかもしれないけど、ニコラにとっては凄く違うことだった。

子供扱いから、大人扱いされているようで嬉しくなる。だって、教えてくれるということは、意見だってできるということだ。励ますことも、慰めることも、声をかけることができる。

なんでもいい。何かできることがあるのは、ニコラにとって特別だった。

「……今まで、そういうの、教えてもらえなかったし」

「ニコラは、私の妻になるのだから、事情を知っても差し支えないだろう」

柔らかくイリアスが笑う。幼い笑顔で目が細められる。逞しい腕で支えられ、大きな手で撫でられて、ニコラはだんだんと顔が赤くなるのが解った。

じわじわと、顔に血が集まる感覚を知る。じりじりと、体温が上がる感覚まで解る。

そうだ。それ、だ。ソレだろう。

花嫁。妻。結婚。夫婦。いや、そうじゃない。ぷるぷると、ニコラは頭を振った。

浮かれている場合じゃない。贅沢を言ってはいけない。好きになっていいだけで嬉しい。

辛い終わりがないだけで幸せだ。

これは政略結婚であり、戦いが終わった証としてニコラは魔の世界から嫁ぎにきた。

イリアスがなんて言おうとも、ニコラはイリアスが傍にいれば嬉しい。イリアスの気持ちがなくても、ニコラはイリアスと一緒にいたかった。

それでもいい。それだけでもいい。

「ニコラ。そんなに不安にさせてしまったのかな？」

「……え？」

「そんな顔をしてはいけないよ」

ゆっくりと抱き締められて、ニコラは肌が粟立つような気がした。

優しい。優しいイリアス。意地悪もするけど、それ以上に優しくしてくれるから嫌いになれない。

最初は、好きじゃなかった。嫌いじゃないけど、好きじゃなかった。

魔の世界の王から承った使命に裏があるとか思い込んで、意地で近付こうとして好きになってしまった。好きになっちゃいけないと思っていたから、さっきまで気付かなかったけど、ずっとずっと好きだった。

「……どんな、顔、してる？」

「恋しくて苦しくて切ない、そんな顔をしているね」

目尻を、温かく濡れた掌が撫でていく。目尻からこめかみに、耳を擽るように滑って髪を梳く。遊ぶみたいに洗い合いしていたせいか、耳に触れるイリアスの掌が熱く、じわりと背筋に快楽が走った。

どうしよう。どうしようか。ばれてしまう。心の内が、心の中が、全部全部ばれてしまう。

「……そんなこと、ない」

「そんなに可愛らしい顔をして。私が恋しかったかい？」

甘く、溶けるように甘く、低い声で問いかけられて、ニコラはイリアスを見つめた。

深い緑色の瞳は、底のない海のようで怖い。ティフォンもなんでも知っていると思ったけど、イリアスもきっとなんでも知っている。

ニコラの隠したい胸の内も、きっと知っている。

「……こ、恋しかった、のかな？　これが、恋しいっていうの？」

「苦しかった？」

「……イリアスが、怪我したかと思った時は、苦しかった」

「切ないのかな？」

きゅうっと、胸が痛くなって、眉尻が下がり、悲しくなるのが解った。

どうしようか。これは、ばれている。どこまで、ばれているのか解らないけど、確実にばれている。

だけど、もう、悲しく辛い終わりはなかった。

「……切ない、かも。だって、わたし」

「うん」

「わ、わたし……イリアスが、好き、だから」

自分の気持ちを言うぐらいいいだろう。好きだと言ってもいいだろう。好きになってもいいのなら、ずっと一生一緒にいられるのなら、声に出したい気持ちもある。

でも、びっくりした。

深い深い底の見えない緑色の瞳が、きらきらと光る。目尻がほんの少しだけ赤くなって、恐ろしく幸せそうにイリアスが笑う。

「ああ。私のニコラ。私の花嫁」

ぎゅうっと、強く抱き締められて、骨が軋むほど抱き締められて、ニコラは嬉しくて幸せでイリアスと同じように笑った。

嬉しい。恥ずかしい。擽ったい。

幸せでくらくら目眩を感じるなんて、知らなかった。嬉しくて涙が出そうになって、イリアスの背に縋る。

「わたし……イリアスの花嫁になるんだ？」

「おや。つれないことを言うね。私以外の誰の花嫁になるつもりだい？」

笑いながら言うイリアスの頬に、ニコラからキスをした。

一瞬だけ、動きを止めたイリアスは、それでも笑いながらニコラを撫でる。優しく優しく撫でられて、身体の泡を落とされているのだとわかる。

「イリアスの花嫁になれて嬉しい」

「可愛らしいね、ニコラは」

額に、指に、鼻の頭に、悪戯するようなキスを落とすから、ニコラは思い切ってイリアスに抱き付いた。

一緒に笑うだけで、どうしてこんなにも幸せなんだろう。胸に生まれた幸せが、笑い声と一緒にほろほろ零れていく。

これなら、解る。これは、恋とか愛とか、ニコラの知っているモノだ。

誰かに聞いた恋は綺麗なものだった。読んだ話では愛とは優しいものだった。

こんなにも幸せだと思うのは初めてで、心のままにイリアスの首筋に顔を擦り付ける。

押し殺したイリアスの笑い声が身体を震わせ、ニコラも一緒になって笑った。

「ほら。少し身体を温めないといけないよ」

「……うん。ちょっと、寒いかも?」

ざばりと、イリアスはニコラを抱き上げたまま、湯を掻き分け移動している。湯が流れている奥に近付き、ゆったりと座り込むと、意外な深さがあると解った。

場所によって湯の深さが違うのか。変な造りになっていると、首を傾げるニコラに、イリアスは湯をかけてくれる。

温かい湯と、イリアスの腕の中。ふぅと、ニコラは身体の力を抜いた。

「……本当に、可愛らしい」

ぎゅっと、抱き締められる。それだけで、ニコラの身体はふにゃりと溶ける。可愛いと言いながらキスの雨を降らすイリアスに、ニコラは酔いそうになる。幸せだ。どうしようもなく幸せだ。好きになってもいい。ずっと一緒にいられる。怖くて辛い終わりはなく、ニコラの勘違いだから笑い話にできるだろう。

「あまりにも可愛らしくて……閉じ込めてしまいたくなるね」

「…………………え？」

ぞわりと、温かな湯が冷水に変わったのかと思った。

思わずニコラは首を伸ばして、きょろきょろ周りを見渡す。何が起きたのか。何かあったのか。どうしたんだろうと周りを見て、イリアスがにこにこ笑っているのを見る。

どうして、目が笑っていないのだろうか。

こくりと、ニコラは唾を飲み込んだ。

「寝間着なんて薄着で走ってくるなんて、他の者の目に触れてしまうじゃないか」

「……えっと、そ、それは、イリアスが心配で」

そうだったと、思い出しても、もう遅い。イリアスとティフォンは、なぜか不思議な魔法を使える。空気や温度や重力を変える魔法を使えるのだと、ニコラは目が笑っていないイリアスから視線を逸らした。

どうしよう。これは、ティフォンの説教よりも厄介な気がする。

「裾が捲れていたよ？　君の素足を見た者の目を潰せばいいのかな？」

「にっ、二度と寝間着で部屋の外に出ないと誓いますっ‼」

優しく笑いながら、なんでもないことのように言うから、ニコラは決意を新たにした。

解りたくないけど、解ってしまった。ティフォンの言っていたことは本当だ。あの時は意味が解らなかったけど、今は解りたくないのに解ってしまう。

『あまり侮っていると、鎖に繋がれて監禁されるぞ。せいぜい、甘えて寄りかかって依存しているフリをしなさい』

ああ、そうだ。その通りだ。たぶん。きっと。間違いない。

コレがアレか。傲慢《ごうまん》で横暴な愛とかいうヤツなのか。「助けてティフォン」と真剣に心の中だけで叫んだけど、そういえば『自分の行動と言動に責任を取りなさい』と言われたのを思い出した。

「そう。できれば、部屋ではなく、ベッドから出ないと誓って欲しいね」

「……そ、そうだよね。ね、寝間着でベッドから出るのも、その、はしたないし」

イリアスの言っていることは、決して横暴ではない。寝間着で部屋から出たニコラが悪いのだと解っている。

間違ったことは言っていない。言っていないのに横暴に聞こえるのは、どうしてだろうか。凄く不思議で、ニコラは引き攣った笑いを浮かべた。

「それに、ほら……足の裏に擦り傷もできているよ」

「え？　痛くなかったから、き、気付かなかった」

するすると、足の裏を撫でられて、擽ったくてニコラは身を捩る。指の背で撫でている
だけで擦り傷が解るのだろうかと、聞いてはいけない。むしろ、反論してはいけない。

これは、ティフォンの説教で学んだことだった。

「私の花嫁となるニコラに怪我をさせるなんて、お付きのティフォンにも申し訳が立たな
いね」

「……そ、んなことは、ないんじゃないかな？」

ゆっくりと、本当にゆっくりと、足首を握られたニコラは、ひくりと喉を震わせる。

イリアスの大きな手では、ニコラの足首など一掴みだ。なのに、優しく指先が慰撫《いぶ》する
ように動くから、ニコラは笑ってしまいそうになる。

擽ったい。駄目だ。説教中に笑うと説教は倍々で増えていく。今、笑ってしまったら、
イリアスは倍々で怖くなるかもしれない。

「この傷が治るまで、私がニコラの面倒をみよう」

「……は？　え？」

「全部、私がやってあげるよ」

擽ったさが吹っ飛ぶことを言われて、ニコラは目を見開いた。

第六章　結婚式までひとりじめ

可愛いと言われるのには慣れている。可愛がられ、甘やかされ、大事にされてきたから、どうすればいいのかも解っている。

何もできなくていい。ただ、笑って、ありがとうと言えばいい。たまに、唇を尖らせてわがままを言えばそれでいいと言われていた。

「…………恥ずかし疲れた」

「不思議な言葉だね。魔の世界の言葉かな？」

部屋全体が湯船みたいな珍しい風呂だったのに、堪能できなかったのは悔しい。もっと、色々と見て遊びたかったのにと、唇を尖らせた。

イリアスの手で泡を流された後に、髪まで洗ってもらう。いや、洗われたというか。拒否権はなかったというか。それなら自分だってイリアスの髪を洗いたかったのに、怪我をしているという理由で却下されてしまった。

足の裏の怪我が、髪を洗うことのなんに支障が出るというのだろう。

そんなことをブツブツ思いながら、抱き上げられて身体を拭かれる。バスローブに身を包んだ後は、部屋まで抱っこで運ばれる。

それからそれから、髪の手入れをされた。

黒く真っ直ぐな髪はニコラの自慢だ。魔の世界にいた時だって、髪の手入れには時間をかけていた。

でも、丁寧に髪を拭かれ、乾かされてから、何か良い香りのオイルを塗られて梳かれてと、凄い時間をかけて手入れされた。

愛おしいと、手付きから解る。暇で暇で振り返ると、優しい瞳で髪を手入れしているのに、すぐに気付いてキスをしてくるから、ニコラには何も言えない。

だけど、チリチリと胸の奥に感じる何かを、溜め息と一緒に吐き出した。

「……髪の手入れ、慣れてるね」

恥ずかしい。情けない。これは嫉妬《しっと》だ。八つ当たりだ。

自分の髪はざんばらなくせに、他人の髪の手入れが上手いなんておかしいだろう。自分の髪は切るのすら面倒だというのに、他人の髪に時間をかけて手入れするなんておかしいに決まっていた。

でも、恥ずかしくて情けない。魔の世界で愛されたニコラは、嫉妬を感じる必要なんてなかった。だから、言っては駄目だと解っているのに、口から出てしまった言葉は取り消せない。少し棘《とげ》を纏《まと》った言葉は、イリアスの耳に届くだろう。

「姉の髪を何度か手入れしたことがあるからね」

「……ふぅん。お姉さんいるんだ」

「いた、と言った方がいいね」

重く綺麗になった髪を梳き、ニコラの頬にキスをするから、出そうと思った言葉を必死で呑み込んだ。

お姉さんと重ねないで、と。言わなくて良かった。

だって、違うだろう。そうじゃない。イリアスは、そういうつもりではない。今のは、自分が悪い。わたしが悪かった。

嫉妬というのは、こんなにも厄介なものなのか。初めて感じる胸のムカムカに、ニコラは眉尻を下げる。

イリアスは、もういない姉のことを思って、ニコラの髪の手入れをしたのではない。ニコラの髪を誰かと重ねたのではなく、ただ手入れの仕方を知っているだけだろう。

「……他の……わたしじゃない、誰かの髪も好きだったのかなって、思っただけ」

だからと言ってはおかしいけど、ニコラは言いたくなかった心を曝けだした。

恥ずかしい。いもしない誰かに嫉妬した。こんなに心が狭かっただろうかとニコラは顔を手で覆う。

きっと、耳まで赤い。すぐ後ろにいるイリアスには全て見えていると、顔を覆ったって
バレバレだと恥ずかしくなった。

「焼き餅かい？」

「……恥ずかしいから言わないで」

「可愛らしいね。焼き餅とは」

「……だから言うなって言ってるじゃない」

くつくつと、喉の奥でしめやかに笑うのが解って、ニコラはイリアスの脚をバシバシ叩く。

そういえば、ベッドでイリアスの脚を見るのも初めてかもしれない。いつも足首まで覆うズボンを穿いているから、足の指ぐらいしか見てなかった。

「……ねぇ」

「うん」

最初は、ニコラの後ろで正座していたんだと思う。今は足を崩したのか、ニコラの横に、長い脚が見える。

足の指と甲は見たことがあった。でも、足首から上は見たことがない。

自分にとってバスローブの裾は脹脛《ふくらはぎ》の半ば過ぎぐらいまであるけど、イリアスにとっては膝頭が隠れないぐらいの長さしかない。

「あの鉄の塊……甲冑って、どのぐらい重いの?」

「そうだね。三十キロぐらいかな」

「さっ、三十⁉」

脚には、しっかりとした筋肉がついていて、当たり前だったのかとニコラはイリアスの脚を見つめた。

そうか。そんなに重いのか。鉄の塊なんだから重いのは解っていたけど、そんなのを着て戦うのはどうなんだろう。

足首も骨が太いのに踝が綺麗に出て、大きな足に少し好奇心が湧いた。

そっと、自分の足をイリアスの足に並べる。魔の世界では散々美しいと言われたニコラの足は、しっかりと筋肉を纏うイリアスの足と比べると玩具みたいに見える。

自分の足は、ただ細いだけだ。美しいというのは、イリアスの足なのではないか。実戦向きと、観賞用が違うのは解っていても、イリアスの足の方が美しいと思った。

「私の足が気になるのかい?」

「……え?　綺麗だな、って」

「ニコラの足の方が綺麗だよ」

そっと、背を支えられ、ころりと寝かせられる。足下にいるイリアスは、ニコラの左の脹脛を持ち上げ、ゆっくりと足首を掴む。

少しだけ顰められたイリアスの顔を見て、ニコラの胸がきゅうっと引き攣れるように痛んだ。

「魔の世界のものは、人の世界に馴染むまで時間がかかる。その話はしたね？」

「え？　あ、うん？」

自分の足の裏は、そんなに傷になっているのかと、ニコラは心の中で不思議に思う。だって、顔を顰められるほど痛くない。シーツに投げ出されている右足だって、風呂に入った温かさはあっても、腫れた熱さはない。

「人の世界に出て、己の足で立ち、気分が悪くならないぐらいに君は馴染んだ」

「そ、そう、みたい、ねぇ？」

イリアスに言われて、初めて気付いた。初めて人の世界の外に、城の庭に出た時は、あまり時間も経たずに目眩に襲われていたと思い出す。倒れるのは少し経ってからだったけど、太陽の眩しさに目を眩まされたのかと思っていた。

でも、慣れたのなら、良かった。もう、イリアスと一緒にいることを咎めるものは何もない。

何も悩まずに、イリアスを好きになれる。何も考えずに、イリアスを見ることができる。

「……ひゃっっ⁉　なっ、なにっ⁉」

考え事をしていたら、足の裏に、キスをされていた。

深い緑色の瞳が、ニコラを見ている。切れ長の、笑いを消した瞳が、射るようにニコラを見つめている。

「君は、もう、私から逃げることができる」

「……え？」

「この美しい脚を、折ってしまいたくなるね」

がじりと、土踏まずを囓《かじ》られた。

痕になるほどじゃない。でも、赤くなっているかもしれない。そのぐらいの強さで噛まれた後、イリアスは見せつけるように舌を伸ばす。

ゆっくりと、怖いぐらいにゆっくりと、噛まれた箇所を舐められて、じわりと濡れた気がした。

「魔の世界から花嫁が来ると聞いていたが……私は必要がないと思っていた」

「えっ⁉　ちょっ、ちょっと‼　あっ⁉」

摑まれている左足がひくひくと痙攣するように、イリアスの唇に怯える。

どうしよう。大事なことを言っている。イリアスが、魔の世界からの花嫁は、ニコラはいらないと言っている。

「……ただね……隣国の不穏な話を聞いていたから……隣国を煽り……油断させるためだと思っていたよ……さっさと潰しておきたかった」

「あっ！　まっ、ま、待ってっ‼」

もっと詳しく聞きたいのに、言葉の合間にイリアスが足の裏を舐めるから、ニコラは咎めることもできなかった。

ねろりと、厚い舌が足の裏を舐める。擽ったいのか、痛いのか、ぞくぞくするのか。ニコラには解らない。

「君に夜這いをかけられて……ああ、そうだね……君の物慣れなさと子供のような反応が気になったんだ……」

「ひっ⁉　あっ、あっ」

足の指を、食べられてしまった。ぱくりと、歯が当たる。足の指の合間に舌が這い、ぞわぞわと肌が粟立つのが解る。

足の親指が、溶ける。イリアスに食べられてしまった。

どうしよう。背中に這い上がってくるのが快楽だと知っている。こんな、足の裏を舐められて。こんな所を舐められて。それでも快楽を感じることが怖い。

怖くて、恥ずかしい。その背徳感が、更にニコラを感じさせた。

「食事をしていた時も可愛らしいと思っていたよ……庭に出た時に……青い顔をする君を見て……後悔するぐらいにね」

「あっ、やっ、やだっ、やだぁっ⁉」

「どの程度……人の世界に出られるのか……簡単に試すべきではなかった……」

人差し指も中指も薬指も小指も、全部全部イリアスが食べてしまう。じんじんと熱いのは解るのに、もう感覚がない。ふぅっと息を吹きかけられるだけで、全身に痺れが走るぐらいに感じてしまう。

とろりと、濡れた気がした。

もう、何も解らない。濡れた感触が気持ち悪くて、足だけで濡らしている自分の浅ましさに感じてしまう。

「君を私のものにするよ。ニコラ」

「んっっ‼ あっ、も、あしっ、はなしてぇっ」

摑まれていない右足は、必死にシーツの海を藻掻いていた。

食べられてしまった。もう、無理。駄目。涙目になってイリアスを見ると、楽しそうに笑っている。

ゆっくりと顔を傾け、ニコラの足の裏に唇を寄せた。

「返事は？ 私の花嫁」

「……わ、わかった、なんでも、いい、からっ」

心臓がばくばく音を立てている。肌が粟立って、震えているのが解る。

だって、こんなの知らない。いつものような快楽じゃない。いつもみたいに順々に高め

られる悦楽じゃない。そんなところで、足でなんて、感じてしまう自分が恥ずかしくて、恥ずかしいのが気持ちよくて、酷く怖かった。

必死に、こくこくと頷く。もう、なんでもいい。最初は大事なことを言っていると思ったから聞きたかったのに、それすら解らないけどもういい。

「可愛いね。ニコラ」

「あっ、も、さわらないっ、おねがいっ」

ちゅっと、可愛らしい音が、左の足の裏から聞こえてきた。

きっと、最初ならば笑っただろう。擽ったくて、痒くて、もぞもぞして、笑って終わりだったと思う。

でも、今は駄目だ。こんなに感じてしまった後に足の裏にキスなんてされたら、それだけでニコラの身体はひくりと揺れた。

「では、ちゃんと聞きなさい」

「う、うん、うん」

酷いことをされていると、思う。ベッドの上なら、酷いことじゃないのかもしれないけど、大事な話も聞けなかったのだから酷いと思う。

でも、イリアスは、そんなつもりはないのだろう。のそりと四つん這いで近付いてきて、ニコラの上に覆い被さるように、無駄な視界を遮った。

さらりと、肩から一筋だけ、茶色の髪が落ちる。ずっと結んでいて癖がついているのか、ニコラのように全てが肩から落ちることはない。

真剣な深い緑色の瞳に、真上から覗き込まれて、ニコラは息を飲んだ。

「君はとても重要な立場にいるんだよ。人の世界と魔の世界の戦いが終わった証だ」

「……うん」

「誰もが欲しがる平和の象徴となる……まぁ、私も最初は、この城の誰かが所持していればいいだろうと思っていたのだけどね」

低く甘い声。ニコラの脳を揺らすような声。まるで、魔法のように心を縛る。だけど、なんか酷いことを言ってなかっただろうか。ちょっと、聞き捨てならないことを聞いたような気がする。

ムっとして唇を尖らせる前に、イリアスの顔が少しだけ変わった。

「象徴という名誉を奪いにくる者がいるだろう。隣国を除いても、あと二つの国が君を狙っている」

「……え？」

誰でもいいとか、所持とか、咎めたいことがあったのに、ニコラの頭の中から綺麗に消えた。

そんな物騒な話なのか。魔の世界の王は、父は、そんなことを言ってなかった。人の世界の王に嫁いで欲しいと、そう言っただけだ。その言葉に裏の意味があるのではないかと思ったけど、それはニコラの勘違いだったのに、何か不穏なことになっている。

「問題は隣国だった。好戦的でね、いつ攻めてくるか解らなかった。あとの二つの国は、まだ時間があるだろう」

「……え？　あ、え？」

そうなのかと、頷けばいいのだろうか。それとも、何か意見を言った方がいいのだろうか。そんなことを悩んでいると、イリアスは綺麗に笑った。

「すぐにでも結婚式を挙げようね」

「…………………はい？」

意味が、わからない。

本当に意味が解らない。どうにも、話が繋がらない。初めて夜這いをかけた時、イリアスとの会話が上滑りすると思っていたが、それ以上に解らない。

「………ま、待って、あれ？　え？」

「うん。どうしたのかな？」

「……え？　だ、だって、その、わたしが、狙われてて、その、すぐに結婚？」

頭の中で話が繋がらなくて、ニコラは眉尻を下げて真上のイリアスを見つめた。

にこにこと、優しく幼く見える笑顔のイリアスに、少しだけ安堵する。このイリアスならば安心だと、ニコラも引き攣った笑顔を見せた。

一週間しか一緒にいないけど、ずっと長く一緒にいたせいで、なんとなく解ったこともある。

イリアスはいくつも顔を持っている。いや、いくつも性格を持っているというか、豹変するというか、なんて言うか。

ニコラにとって、ちょっと怖いイリアスがいるのは間違いなかった。

「あの、ほら、結婚は、えっと、嬉しいんだけど、その」

横暴で傲慢で監禁で依存しなきゃいけない愛は重い。

怖いと思うのに、喜んでいる自分がどこかにいるのが解って、更に恐ろしい。重たいなんて言っているけど、その重みで潰して欲しいと思う自分が怖かった。

だから、思わず結婚に反対みたいなことを言ってしまったが、決しておかしな話ではないだろう。

ニコラは人の世界の王に嫁ぐために来た。

結婚するために来たのだから、すぐに結婚しても問題はない。

ただ、話が繋がらない。狙われてすぐに結婚の意味が解らないから、今朝から混乱し通しのニコラは更に混乱を極めた。

「愛しているよ。可愛い可愛い、私のニコラ」

「…………」

びしりと、ニコラは固まる。あからさまで露骨で、そのままの言葉は初めてでニコラの胸をきゅうっと摑むみたいに嬉しくさせる。

望んでもいいのか。好きでいるだけで幸せだったけど、好きになってもらえるのか。ニコラの心は喜びで躍りだしそうだ。低く甘い告白は、一生の宝物になる。自分も応えて、イリアスに抱き付きたいと思った。

思ったのだが。どうして、こんなにも怖いのだろう。

こんなにも嬉しい告白が怖いと思うのは、どうしてだろう。冷や汗が流れそうな気がして、震える指を握り締める。

「私のものにすると言った時に、承諾したのは君だよ？」

「……はい？　え？　あれ？」

やっぱり、意味が解らなかった。

いつ、そんなことを言われただろうか。いつ、それを承諾しただろうか。極めたと思った混乱が混乱を呼び混乱する。

「一度、口に出した言葉を違《たが》えるのはよくないね」

「……ええ？　あれ？」

くるくると、ニコラの頭の中にイリアスの言葉が舞い踊った。

何がなんだか解らない。なんだろう。どうしよう。一つだけを考えると嬉しいのだと解るけど、全部纏めると意味が解らない。

今朝から混乱し過ぎたのもいけないだろう。更に、さっきの変な快楽のせいで、ニコラの頭はパーンと破裂しそうだった。

こういう時は、落ち着いて。落ち着かなきゃいけない。でも、だけど。落ち着けないから、ニコラは一番気になる言葉を探す。

「あ、あの、イリアスっ」

「うん。何かな」

「い、イリアスは、そのっ、あたしのこと、好き、なの？」

一瞬だけ呆気に取られたイリアスを、ニコラは真っ赤な顔で睨み付けた。

驚くのは、いい。その後に呆れたような苦笑のような困ったような、にやにや笑いをするのは許せない。

だって、仕方がないじゃないか。ニコラにとっては一番大事なことだった。

それにイリアスは解っているのだろうか。可愛いと言われても、好きだと言われたことはない。私の花嫁とか言われても、好きだと言われたことはない。

甘やかされて可愛がられて優しくされても、愛してるなんて、今、初めて、聞いた。

「おや？　解っていなかったのかい？」

「だ、だって、は、初めて、聞いた、もの……」

心臓がバクバク鳴っている。顔も真っ赤だし、じわりと涙が浮かぶのも解る。体温が上がって、息が苦しくなって、恥ずかしいのに嬉しいなんて初めて感じる。

本当に、いいのだろうか。もっと、いっぱい望んでも、大丈夫なのだろうか。好きなだけで幸せだと思っていた。好きになってもいいのなら嬉しかったし、ずっと一緒にいられるだけで充分だと思っていた。

だけど、欲というモノは尽きない。好きになっていいのなら、傍にいて欲しい。ずっと一緒にいられるのなら、抱き締めて欲しい。

だから縋るように、ニコラは真上にいるイリアスを見つめた。

「可愛いニコラ。好きだよ。愛している」

「……い、イリアスっ」

「閉じ込めて私だけが愛でたいぐらいにね」

「……そ、それは、ちょっと」

甘く優しく真剣な声で言われて、感動したニコラはドン引く。重たい愛がなければ、心が震えるほど嬉しいだけで済むのに、台無しのような気がする。

もしかして、話のオチというヤツだろうか。真剣ではないのか。真面目に言っているのではないのか。本心じゃないのかもしれない。

そう思いながらイリアスを見て、ニコラは自分の間違いを知った。

「愛しているよ。ニコラ」

「……あ、えっと、う、嬉しい？」

手をついて、四つん這いの形で上にいたイリアスが、すっと近付いてくる。ニコラの顔の両脇に肘をついて、まるでイリアス自体が檻のような気がした。

怖い。圧迫感と閉鎖感に、くらくらする。なのに、ドキドキするのは、おかしいだろうか。怖いのに嬉しくて、重たいと思うのに幸せを感じる。

それを全部、イリアスに話せるほど、ニコラは羞恥を捨て切れなかった。

おかしいことだと解っているから、言えない。重たい愛は怖いと思う気持ちも本当だから、言えるわけがない。

「結婚式までは、私の傍から離れてはいけないよ」

「……え？」

優しく鼻の頭にキスを落とすイリアスに、ニコラは首を傾げた。

そうか。結婚式というのがあるのか。結婚しましょうで、結婚できるのではない。そういえば、ティフォンも結婚式の準備には時間がかかると言っていた。

ちくりと、胸が痛む。ちくちくと、喉に何かが引っかかる。

「誰に攫《さら》われるか解らないからね。ちゃんと私の傍にいるんだよ」

ひくりと、喉から出そうになった言葉を呑み込んだ。

結婚式まではイリアスの傍にいなければいけない。ならば、結婚式の後はどうなるのだろうか。

結婚式まで、傍にいればいいのだろうか。結婚式の後は、離れてもいいのだろうか。いや、離れた方がいいのだろうか。口を開けて聞こうと思っても、声にならない。

「解ったかい？」

「……け、結婚式、まで？」

そっと、イリアスから視線を外して、独り言のようにぽつりと呟けば、ゆっくりと影が濃くなった。

イリアスが屈み込んできていると解ったけど、ニコラは視線を戻せない。だって、呆れられていたら怖い。結婚式後も傍にいたいと言って、重いと思われたくない。

「おやおや」

「……え？」

冷たい声にひくりと揺れたニコラは、慌てて視線を戻した。

真上にいるイリアスは、笑っている。目を細めて口角を上げ、表情は笑いの形になっている。

ぞくりと、背筋に悪寒が走った。

なんで急にと、思わなくもない。どうしてと、驚いて目が丸くなる。空気が重くなって、息が苦しくなって、胸の前に置いていたニコラの手はイリアスの大きな手に捕まった。

「駄目だよ。私から逃げようとしては」

「……に、逃げないよ？　そうじゃ、なく、て」

手を、握られる。イリアスの右手に左手を、左手に右手を、指を絡ませるみたいに握られているだけなのに、どうしてか心臓がばくばく鳴っている。

誤解させてしまったのだろうか。だって、自分が考えていたのは、反対のことだった。

「……イリアス？　あ、あのね、わたし」

深い緑色の瞳が、妙に冷たく感じる。薄い唇が弧を描いて、ニコラの唇にどんどんと近付いてくる。

息を感じて、体温を感じて、イリアスの匂いを感じたら駄目になった。

とろりと、ニコラの何かが溶ける。何が溶けてしまったのだろう。どうしよう。どうしたらいいのかと緑色の瞳に縋れば、イリアスが嬉しそうに笑って口を開ける。

「す、好き、だから……逃げないっ……んぅっ⁉」

声を、言葉を、息を、ニコラの全てを食べるみたいに、イリアスにキスされた。

厚い舌が、口の中に入ってくる。ぬるりと、口の中を弄っていく。握られた手は、どうやっているのか解らないけど、擽るみたいに撫でられて喉が鳴った。

苦しい。でも、気持ちいい。

いつもは戯れだったのかと思うぐらいに激しくキスされて、ニコラは必死にイリアスの手を握る。

「んんっ……んっ……」

食べられて溶けて、イリアスを食べていると思えば熱くなった。

閉じるのを忘れていた視界に、イリアスが映る。近すぎて、よく解らない。でも、笑っているのは解る。

駄目だ。ぞわぞわする快楽が怖くて、悪戯する太い指に縋り付いた。

目を閉じると、もっと駄目になる。ぬるりと指を摑む指が滑り、汗を掻いていると恥ずかしくなる。

どうしよう。これは、キスなのだろうか。

手の甲よりも、掌を撫でられるとゾクゾクすると、硬い指に教えられた。

「ふぁっ、あ、んんっ!」

苦しい。気持ちいいのか悪いのか解らないけど、身体の熱が上がって息が上がるのに、ぴったりと唇を合わせられて息を呑まれている。

もう、舌は痺れていて、イリアスの舌を押し返す力もなかった。

ただただ、されるがままに翻弄される。甘噛みされて戦慄けば、宥めるように吸われてしまう。

するりと手が離れたから、ニコラはイリアスの肩に手を置いた。

だって、苦しい。もう、駄目。そう思ってイリアスの肩を押すけど、微塵も離れる気配がない。息を飲むみたいにキスをされると、苦しくて目の前が暗くなりそうな気がする。

舌が喉の奥まで入ってきて、それが気持ちいいなんて知りたくなかった。

「あっ⁉ い、いりあ、すっ」

「可愛いね、ニコラ」

舌も唇も腫れているような気がする。じりじりと、熱を持っているせいか、呂律が回らなくなりそうになる。

だけど、イリアスの手は待ってくれないのか、ニコラのバスローブの紐を解《ほど》いてしまった。

身体のラインを確かめるみたいに、掌で撫でられる。胸を掴まれ、少し強い力で揉まれ、乳首に噛み付かれた。

「ひっ！ あっ」

歯で噛まれると、腰が揺れる。吸われると、じわりと濡れた気がして怖い。舌で転がされると変な声が止まらなくて、ニコラは必死にイリアスの肩を押した。

何か、おかしい。いつもと、違う。とろとろと溶けるような快楽じゃなくて、破裂しそうな快楽に怖くなる。

「あぁっ⁉　いっ、イリアスっ、いりあすっ」

ぬくっと、指が中に入ってきた。

怖い。ぐじゅりと、熟れた果実を潰すような音がする。さっき足の裏を舐められて、キスをされて、馬鹿みたいに濡れている。

本当に、これは自分の身体なのだろうか。イリアスが作り替えてしまったのではないだろうか。

こんなに性急にことを進められたのは初めてで、ニコラの頭がついていかなかった。

「まっ、待ってっ、ね、あっ」

指が、イリアスの太い指が、ゆっくりと中から出ていく。ちゅっと、濡れたキスのような音を立てて出ていった指は、ぬるぬるに濡れた蜜口を撫でてから入ってくる。

身体が歓喜の悲鳴を上げているのが解るのに、どうしていいか解らなくなった。

知らない。こんなに感じるなんて、知らない。

「いり、いりあすっ、ね、ねぇ、まって、待ってっ」

胸の合間を強く吸われて、ぞくぞくっとした快楽が上ってきた。

これは、絶対に痕になる。初めてつけられた時には病気のようで気持ち悪かったけど、所有の証というのなら心が溶ける。

中に入っているイリアスの指を、きゅうっと締め付けたと、ニコラは自分でわかって怖くなった。

「あ、あっ、イリアスっ」

「……おや？　身体が素直になったね」

くつくつと、喉の奥で笑うイリアスの声にまで感じる。おかしい。こんなの、おかしいだろう。

下腹がじくじくと疼《うず》き、イリアスの指に切なくなった。

とろりと、蜜液が零れるのがわかる。足りない。物足りない。もっと、何かが欲しいと、ニコラの中は浅ましくイリアスの指を締め付けた。

「ひっっ⁉　そ、そこっ、だめっ」

「ようやく、自覚してくれたのかな？」

中指はニコラの中に入ったままなのに、親指で突起を弄られて身体が跳ねる。快楽が早くて怖いから、イリアスの肩を押して遠ざけようとした。

駄目だ。これ以上は、駄目だ。何が駄目なのか解らないけど、駄目に決まっている。

頭の中で怖いと叫んで、身体の中が足りないと叫んでいた。

少しでいい。少しだけでいいから。お願いだから待って欲しい。

そう思って必死にイリアスの肩を押した。

気付いてくれたのか、胸を嚙っていたイリアスが、すっと離れる。段々と指が離れていき、腹を、臍《へそ》を舐められているとわかる。

「イリアスっ、ね、待って、お願いっ」

「せっかく、可愛らしくなってくれたニコラを、食べないとねぇ」

どんどんイリアスの唇が下がっていって、ニコラは息を吞んだ。

駄目だろう。それは、駄目だ。イリアスの肩を摑んでいた手は離れ、ニコラは肘をついて少しだけ背を浮かせる。

ああ、見なければ良かった。

薄い陰毛にキスをしたイリアスは、ニコラと目が合った瞬間に口を開けた。

「い、いりあ、いりあすっ、やぁあっっ‼」

突起を剝くみたいに、嚙られる。食べるみたいに唇で挟まれ、ちゅっと吸われながら中に入れられた指を動かされてしまう。

駄目。嫌だ。そんなところは駄目だ。

だって、舐められたことはない。指が割れ目を撫で、突起を弄ることはあっても、舐められたことはなかった。

「ひっ、いっ、いりあ、すっ、あっ、あ」

ぐじゅぐじゅと、熟れた果実を潰すみたいな音がする。水音じゃない。ねっとりと粘度の高い、嫌な音がする。

なのに、イリアスは離してくれなかった。

子供が残酷に玩具を嬲《なぶ》るように、嚙んだり吸ったり舌で擦る。嚙られると身体は跳ね、吸われると頭の中で火花が散る。舌で左右に嬲られると、ぷしゅっと蜜液が噴き出すような気がした。

「あ、あっ、あ、だめ、だめっ」

「……可哀想にね。こんなに腫れてしまったよ」

「いっ⁉　やぁあっっ‼」

突起はイリアスの口で嬲られ、指がニコラの中を嬲る。がくがくと、身体は跳ねて痙攣しているのに、下半身を押さえ込まれて首を振るしかできない。

「だめっ、しんじゃうっ、いっちゃうっ、やだぁあっっ‼」

目の前が真っ白になって、心臓さえ止まったのかと思った。

今までとは桁違いの快楽に、ニコラの頭がついていかない。高い所に連れて行かれて、背を押されて落とされた気がする。肩で息をして、ひくひくと震えていると、ちゅっと可愛らしい音を立てて突起にキスをされる。

「やぅっ、あ、あ……」

「ニコラ……指が何本入っていたか解ったかな？」

低く、甘い甘い声が、ニコラの耳に落とされた。

放心していると、膝頭を摑まれる。いつの間に指が抜かれたのだろうか。ゆっくりと脚を広げられ、胸につくほど押し付けられる。倒れてきたイリアスに、耳の後ろにキスをされて、蜜口がひくりと震えた。

何が。何本。何も考えられない。

下半身の感覚すらいってしまったのかと思って、ぼんやりと足下を見て後悔した。

「い、いりあす……いりあす？」

「うん」

「ちがう、いりあす、え？　うそ？」

「私のものにするよ……可愛い可愛い、私のニコラ」

男の性器を、しっかりと見たのは初めてで、恐怖で喉が引き攣るのがわかる。グロテスクだと、思う。魔の世界のものと、人の世界のものは、違うのだろうか。人とは、男の人とは、こんなに怖い性器を持っているのか。

ふるふると、首を横に振って、ニコラはイリアスを見つめた。

「だめ、はいんない、そんな、むりっ」

「駄目だよ。ニコラ……ちゃんと、見ていなさい」

性器の先端を、蜜口に擦り付けられて、ニコラは思わず股間を見る。

熱い。熱くて硬くて、そんなことは無理だろう。怖いのに目が離せなくて、怖いから目を離したら何が起きるか解らなくて、ニコラはひゅっと息を呑んだ。

「あ、だ、だめっ、い、いたいっ、いたいっ」

張り出した先端が、蜜口をぎちぎちに拡げる。切れるのではないかと不安になるのに、突くみたいに動かされて、先端を呑み込んでしまった。

嘘だ。絶対に、嘘だ。

内壁を削るみたいに、太い性器が入ってくる。痛い。熱い。怖い。心臓が壊れたみたいに鳴っている。

「いや、いたいっ、いりあす、いぁあっっ⁉」

ぶつりと、身体の中で何かが切れたような音がした。

衝撃と痛みに震えているのに、イリアスは容赦なく突き入れる。がくがくと全身が震え、痛みと熱さと快楽に涙が零れる。

きっと、壊れた。駄目になった。もう、それ以上は入らないと思うのに、身体はイリアスのために作り替えられていく。

「いたっ、いっっ！　いりあす、いりあすっ」

「もう少し、我慢しなさい……」

ひくりと痙攣するニコラの耳に、苦しそうなのに酷く甘く掠れた声が聞こえる。

荒い息遣い。熱い身体。膝頭を強く摑まれて痛みを感じる。

ぽたりと、イリアスの汗がニコラの戦慄く唇に落ちて、じくりと胸が痺れた。

「……あ、うそ」

ゆっくりと、身体の力が抜ける。ぎちぎちと皮膚を引き剝がされるような痛みが消え、じわりと中が濡れたのがわかる。

だって、ずるい。そんな顔をするなんて聞いていない。真上にいるイリアスは眉を顰め、極悪な色香を出していた。

「ニコラ？」

「あ、あっ、うそ、うそっっ」

身体の中に、イリアスがいる。今、自分を貫こうとしているのはイリアスなんだと、じわじわと自覚して身体が溶ける。

嫌だ。嘘だ。痛かったのに。あんなに痛くて怖かったのに。ぶわりと、全身に汗を搔いて肌が粟立った。

「あぁっっ⁉　やっっ、いれちゃ、だめっ、だめぇっっ‼」

「っく……呑み込んでいるのは、ニコラだよっ」

「ひぃっっ‼」

身体が揺さぶられる。突いては引き、激しく揺さぶられて、どんどんイリアスが中に入ってくるのがわかる。

どうしよう。壊れる。何かが。身体じゃない。何かが。イリアスに壊される。

「あっ、や、だめ、うそっ、おくっ、だめっ」

「初めてなのに、凄いねぇ……私が負けそうだよ……」

ぐちゃっと、ニコラの何かが、イリアスに潰された。

奥の奥に、イリアスがいる。退いて欲しいのに、奥に居座ったまま、ニコラの腰を大きな手で摑む。肩で息をするイリアスは、ニコラの奥まできてから、ぴたりと動きを止めた。

怖い。どうしようもなく、怖い。

「……いり、あす、こわ、い」

「怖くないよ……私のものになるだけだ」

「……だ、って、なんか、しらない、こんなの」

仰向けに寝て、腰を摑まれて持ち上げられ、脚の合間にイリアスを挟んだ格好なのに、恥ずかしいよりも怖くて仕方がなかった。

何か、来る。もしかしたら、行くのかもしれない。でも、戻れないのだろう。知ってしまったら、戻れないと解っているから怖くて涙が零れた。

「大丈夫だよ。私のニコラ」

「……いりあす」

腰を片手だけで掴んで、イリアスは零れた涙を拭ってくれる。厚い掌を頬に、親指で目尻を撫でてくれるから、ニコラは幸せで力を抜く。

とくりとくりと、身体の中から違う音を聞いて、ゆっくりと息を吐いた。

「……もう、怖くないかな？」

「ん、こわくな……んぅっっ！」

ゆすりと、腰を揺すられる。ほんの少し、上下に揺すられて、ニコラの喉がひくりと鳴る。

でも、イリアスの掌は優しく、ニコラの頬を宥めるみたいに撫でていた。

なんとなく怖くて、ニコラはイリアスの掌を縋るように撫でる。手首を掴んで、離れないように捕まる。

「ニコラ……可愛いね……」

「んっ、あ、あっ、おくっ、だめっ」

ゆらゆらと、染み渡るような快楽に、ニコラはイリアスを見た。

深い深い緑色の瞳は、ニコラの瞳を見つめている。じっと、揺れるニコラを見ているから、ぞわぞわと快楽が這い上がってくる。

「奥が駄目なのかな？」

「いっ、いりあすっ、あ、あっ」

「ほら、中が私に絡みついているのが、解るかい？」

また涙が零れてくると、イリアスの親指はニコラの口の中に入ってきた。

緩い、快楽。ゆっくりと広がって、ニコラの体温を上げる。中が疼いて、もっと欲しいと叫ぶのに、頭の中はこの快楽に浸りたいと思う。

じゅっと、イリアスの親指を吸って、ニコラは自分が作り替えられてしまったと知った。

「うっ、んぅっ、んんっ」

「……ああ、可愛らしい顔をして」

ぺろりと、行儀悪くイリアスは自分の唇を舐める。唇を辿る赤い舌に、ニコラはイリアスの指を噛んだ。

あの、舌が、自分を舐める。全身、全て、ぬるりと舐める。

「ふぁっ、いりあすっ、やぁあああっっ‼」

指が口から抜けてしまったと、惜しむ間もなく腰を掴まれ抽挿された。

奥を叩くみたいに短い抽挿をされて、ひくひくと身体が痙攣する。ぬるりと抜ける寸前まで引き抜かれ、ずくりと奥まで入れられると、悲鳴のような嬌声が喉から出る。

「だっ、だめぇっっ‼　うごいちゃ、やだっ、やぁっ」

「……駄目と言われてもねぇ……中が欲しいと叫んでいるよ」

「ひっっ⁉　あ、あっ」

玩具《おもちゃ》みたいに揺すぶられ、ニコラは何度も達していた。

ばちばちと、頭の中で火花が弾ける。怖い。死んじゃう。目の前が真っ白になって、それでも気持ちよくて身体が震える。

とろとろと蜜液が垂れるのさえ感じて、ニコラは腕を伸ばしてイリアスの腕を摑んだ。

「あっ、やだっ、やだぁっ」

「……気持ちいい、の間違いだろう？　ほらっ」

「いっっ！　あ、いいっ、きもち、いっっ‼」

揺さぶられて震えてどうしようもないから、ニコラはイリアスの腕に爪を立てる。摑みたいのに滑るから、幾筋もの爪痕を残してしまう。

だって、駄目。もう、駄目。目の前が白くなって、背骨に沿って感じていた快楽が、ぶわりと噴き出した。

「い、いりあすっ、あぁあっっ‼」

高い所から放り投げられたような感覚に、ニコラは怖くて闇雲に腕を伸ばす。その手を摑まれ、ぎゅうっと抱き締められて意識を失った。

ゆっくりと、意識が浮上する。

温かい。何かが肌を清めている気がして、ニコラは重い瞼を必死に上げた。

「……イリア、ス」

「ああ。無理に声を出さなくていいよ」

優しい声を出すイリアスは、素肌に薄いガウンを羽織っている。手にタオルを持ちながら、ちゅっと触れるだけのキスをくれた。

どうやら、イリアスが温かいタオルでニコラの身体を拭いていたらしい。そんなことをしなくても風呂に入ればいいのにと、怠い身体を起こそうとする。

肘をシーツについて、身体に力を入れて目を丸くした。

起き上がれない。力を入れた肘はかくかくと揺れ、少しだけ持ち上がった身体はすぐにシーツに落ちる。

「こらこら」

「イリアス……起き上がれない……」

「あれだけ達していれば、身体に力が入らなくなるねぇ」

首を拭き、肩から腕を拭き、丁寧に胸を拭いているイリアスは苦笑していた。

新しくタオルを替えて、腹を拭いている。腰まで拭いてから、また新しいタオルを取り出している。

甲斐甲斐しい。どこか他人事のようにイリアスを見ていると、股間に手を伸ばすから変な声が出た。

「いっっ⁉　イリアスっ‼　っっ⁉」

「無理をしてはいけないよ」

「だっ、だって⁉」

けひょけひょと、軽い咳が出る。もしかしたら、軽く噎《む》せたのかもしれない。でも、これは駄目だろう。そんなことはさせられない。

必死になって身を捩れば、喉の奥で笑ったイリアスが少し離れた。

「ニコラ」

ほっと、息を吐く間もなく、イリアスに呼ばれる。視線だけをイリアスに向ければ、グラスを持っているのがわかる。

なんだろう。何が入っているのか。ゆっくりとグラスに口をつけるイリアスは、中身を口に含んでニコラに近付いてきた。

どうしよう。恥ずかしい。恥ずかしいにもほどがある。

顔を真っ赤にさせて、ニコラは首を振る。喉が引き攣れるぐらいに渇いているけど、それは恥ずかしいと涙目になった。

でも、このままで済むはずがない。イリアスは笑いながら自分を見ている。きっと、口の中の液体は、温くなってしまうだろう。

「……うぅ」

喉が渇いているからと、自分に言い訳をして目を閉じた。

唇が重なり、少しずつ液体が口の中に入ってくる。さっき咳き込んだせいか、ゆっくりとゆっくりと温い液体を飲み込む。

甘い。少し、酸っぱい。

「もう少し飲みなさい」

「じ、自分で、飲める、か……んっっ」

レモネードだろう。蜂蜜が多めのレモネードは、ニコラのお気に入りだった。

こくりと、温いレモネードを飲んで、喉が潤うのが解る。少し痛みも引いた。美味しいと、純粋に思う。

でも、だけど、コレはない。

「んんっ……イリアス、ね？　自分で、ぅんっっ」

グラスが空になるまで、イリアスは口移しでレモネードを飲ませてくれた。

恥ずかしい。濡れた唇を舐められるのも、凄く恥ずかしい。どうしようもなく恥ずかしいのに、イリアスは笑ったまま頭を撫でてくる。

顔が真っ赤になっている自覚があるから、ニコラはイリアスを睨み付けた。

「可愛い顔をして……」

「……可愛く、ないし」

「可愛いよ」

にこにこ嬉しそうに幸せそうにイリアスは笑う。そんな顔をされたら、反論する方が悪いような気がする。

むぐぐと、唇を尖らせていると、イリアスがタオルを手に近付いてきた。

「それはっ！　それこそ自分でできるからっ！」

「駄目だよ。全部、私がやると言っただろう？」

「えええっ⁉　こっ、これも入るのっ⁉」

腰を撫でられ、内腿に手がかかる。大きな掌は熱く、まだ身体に力の入らないニコラの脚をゆっくり開く。

駄目だ。それは、駄目だ。何が駄目って、そんなところを綺麗にしてもらうなんて駄目だ。

顔を真っ赤に染めて涙目でいやいやと頭を振って、イリアスを見たけど許してもらえなかった。

「……やだっ」

「純潔を散らしたのは、私だからね」

タオルを持っているくせに、タオルじゃなくて指が割れ目を撫でる。ぬるりと、ねっとりと、濡れた感触がするのは自分が濡れているからだろうか。いやらしい動きじゃなくて、調べるみたいな指の動きに心臓が跳ねた。

「私の精液と、君の破瓜《はか》の血が混ざって……」

「うわぁあああぁあっっ‼」

あまりにあまりな言葉に、ニコラは必死になって脚を閉じる。イリアスの手を脚で挟んでしまったけど、もうどうでもいい。そのまま身を捩って、シーツの上で恥ずかし悶えた。なんてことを。なんてことを言うのだろうか。恥ずかし過ぎる。恥ずかしいにもほどがあるだろう。

「恥ずかしいっっ‼　イリアスの破廉恥《はれんち》スケベ変態っっ‼」

「おやおや」

「もうっ、もうっっ、馬鹿馬鹿ばかばかっ！　そんなことっ……ひゃうっっ⁉」

くちりと、まだ広がっているような蜜口を、イリアスの指が弄った。

遊ぶみたいに、入口のところを撫でる。くちくちと、嫌な音が響いている。恐る恐るイリアスを見ると、意地悪く笑っている瞳とぶつかった。

「破廉恥でスケベで変態、だからねぇ」

「あっ、う、うそ、だから……ね、も、もう、無理っ」

散々弄られた蜜口は、完全に閉じられないのか、とろりと何かが零れ落ちる。それがイリアスの精液だと気付いて、ニコラは顔を赤くしたり青くしたりする。

指が。イリアスの指が。ほんの少しだけ、中に入ってきた。

「やだっ、やだやだっ……」

「大丈夫だよ、安心しなさい」

優しい声に色が乗り、ぞくりとニコラの腰が痺れる。

何が大丈夫なのか。イリアスの目を見れば、大丈夫じゃないと解る。口角がゆっくり持ち上がり、指がまた少しだけ中に入ってきた。

「ひぅっ⁉」

「身体も拭いてあげよう。食事も食べさせてあげるよ」

「あ、あっ、や、やだ、だめっ」

「全部、私が面倒見てあげるからね」

楽しそうに言うイリアスが幸せそうに笑う。

どうしてくれようか。ずるい。酷い。キスとかで誤魔化されない。指を抜いて、もう無理だから。

いくらでも言葉は浮かんできたけど、ニコラは一つも口にできなかった。

第七章　過保護ライフにどっぷり♡

ティフォンが言っていた通り、人の世界でおこなう結婚式というのは、ちょっとしたお祭りだと思った。

隣国という敵もいなくなって、あれからすぐに結婚式の用意が進められたのに、一週間もかかっている。そうティフォンに言ったら、一週間で用意ができたのは先に準備をしていたからだと言われてしまう。ティフォンも人の世界の結婚式を見るのは初めてなのに、どうしてそんなことを知っているのかと不思議に思った。

でも、実は、どうでもいい。結婚式は、しても、しなくても、どうでもいい。イリアスと結婚できるのならなんでも良かったが、結婚式をするならニコラには一つどうしても譲れないことがあった。

ドレスのデザインだ。

もちろん、イリアスの礼服のデザインも譲れない。

誰に何を言われても、ニコラ自身で決めたデザインでドレスと礼服は仕立てられた。

ニコラのドレスは白一色で、身体のラインが綺麗に出るマーメイドドレスだ。でも、両肩を出したかったのにイリアスに止められた。強行突破も辞さない構えだったが、あまりに目が笑っていないのに笑顔だったので、ニコラだって馬鹿ではない。首から肩と袖は、総レースで我慢した。

イリアスは、カタログの中から、モーニングコートというのを選ぶ。ウィングカラーの白のシャツにグレーのベスト。一つ釦の黒のジャケットに、白のタイに濃いグレーと黒の縞の入ったスラックス。

少しだけ細身にしてもらい、イリアスの身体のラインも見えるようにした。満足だ。最初に会った時に見た、強烈な印象のイリアスが霞《かす》む。伸ばされた髪を結ぶよりは解いた方がいいと思ったのだけど、それは断られてしまった。

初めて見る、満足のいくイリアスの格好に、ニコラの目はキラキラ輝いていただろう。だって、結婚式を覚えていない。なんとなくしか覚えていなかった。

迷路の中庭の真ん中に、硝子のドーム。本来なら、ステンドグラスの綺麗な教会という所で結婚式を挙げるらしい。

司祭だとか魔の世界だとか神の定義だとか、色々とティフォンが言っていたけど、ニコラは聞いていなかった。ただ、ニコラのためにイリアスが硝子のドームを作らせ、そこで結婚式をおこなうというのだけは聞いていた。

迷路の両脇に人が溢れ、綺麗な花弁が降ってくる。歓声と拍手の中を歩いて、子供達の歌声で硝子のドームに入る。

思ったよりも大きな硝子のドームの中で、誰かの話を聞き、指輪の交換をした。

ほとんど、見ていないし聞いていない。モーニングコートのイリアスがあまりに煌めいて見えて、服装だけでココまで変わるのかと感動したのを覚えている。

周りが何か言っていたような気がしないでもないけど、それすらイリアスの引き立て役になっていたような気がする。

嫌いじゃないけど、好きじゃない。

そんなことを思っていた過去の自分に、今のイリアスを見せたいぐらいだった。

「ようやく、結婚式が終わったか……感慨深いものがあるねぇ」

「まったくです。ティフォン様。私は王が結婚するというだけで感無量です」

ニコラには何があったのか知らないけど、気付いたらティフォンとイリアスの若い臣下が仲良くなっている。

何か思うところがあったのだろうか。うんうんと、頷き合っている二人から目を離して、ニコラは自分の指を見た。

赤と透明と青の石。一つの指輪に三つの宝石が飾られている。同じ宝石の色違いらしいが、ニコラにはどうでもいい。希少価値が高いそうなので、とんでもなく高価らしいが、ニコラには武器になりそうだな～としか思えない。

それよりも、イリアスと同じデザインの指輪の方が嬉しいと、にまにま笑いながらニコラは指輪を撫でた。

「君も苦労しているねぇ」

「いいえ、それほどでも。王としての能力もカリスマも申し分ないのですが……ただ、戦い以外のことになると、面倒臭いと言うので……」

金の地に銀の模様の指輪。蔦《つた》のような模様は美しく、イリアスの太い指にも映えていた。

剣を握る時に問題はないのか。甲冑の手の部分、ガンドレットをつける時に問題はないのか。そこまで考えて選んだ一品だ。

結婚式の時に、この指輪を嵌めてもらった。イリアスの指に、同じデザインの指輪を嵌める時は、物凄く緊張したことを思い出す。

イリアスの大きな手を握り締め、太い指を支えて指輪を通す。自分の手が震えていたのは解っていたけど、囁くように甘く笑いながら震えていると指摘されて、イリアスを睨み付けた。

本当に、意地が悪い。でも、モーニングコートのイリアスは格好良くて叩く気になれなかったから、格好良過ぎるのも駄目かもしれない。

「そうなのかい？　うちのニコラは年若くてね。何も知らないせいで、怒濤《どとう》のごとく、つけ込まれてしまったというのに」

「い、一途なんです……少々、アレですが……真摯《しんし》で一筋で情熱的というか」

「物は言いようだね……」

それに、これから始まるパーティーでは、ちゃんとイリアスの意見も聞いてみた。

何着も贈られたチャイナ服風のドレスを選ぶ。パーティーではズボンを穿かなくていいらしい。その代わりに、絶対にイリアスから離れてはいけないと言われていた。

「……ねぇ、ティフォン」

「なんだい？」

「おかしくない？」

黒地に深い緑の花が咲き乱れ、極彩色の蝶が飛ぶチャイナ風ドレスは、ぴったりとニコラの身体に合わせてある。

スタンドカラーの襟に、花釦は深い緑、袖の先がひらりと広がっている。スリットは腿の半ばより上にあって、歩くだけでニコラの脚が綺麗に見えた。

カタログを見た時に、イリアスの瞳の色だと思って即決してしまったが、少し地味なような気がする。

「君の脚は美しいからね。綺麗だから安心するといい」

「本当にお美しいです！　西の国と東の国が、血を血で洗う争奪戦を始めそうですよ‼」

「……君は考えずに言葉にする癖をどうにかした方がいいよ？」

でも、ティフォンが綺麗だと言うのなら安心だと、ニコラは小さく息を吐いた。

それにしても、人の世界はオリエンタルブームなのか。イリアスも、このドレスを選んだ時に嬉しそうな顔をしていた。

だけど、ニコラの趣味に合わせてイリアスの服も選んだので、それには少し困った顔をしていたと思い出す。

白地に紫の派手な鳥のイリアスの服は、ニコラのチャイナ風ドレスと同じような形で、下にひらりとしたズボンを穿いて着る。

その服を、本来ならゆったり着るのに、身体のラインが出るようにしてみた。服自体はイリアスが選んだけど、もったり着るのは許せない。ぶかぶかの服は寝間着だけで充分だと、ニコラは思っている。

「も、申し訳ありません。しかし、ですね。西の国と東の国は、まだニコラ様を狙っていると思われます」

「それを言うのなら、イリアスもだろう？　人の世界の王だ。懸想《けそう》している女性がいてもおかしくないじゃないか」

「あ、それならいますね。はい。なんと言いますか、ねっとり絡んでくる女性がいます」

「……だから、君は包み隠さず言えばいいのではないと、何度言ったら解ってくれるのかい。僕は君を正式な場に連れて行くのは恐ろしいとさえ思うよ」

ゆったりと言えば聞こえがいいが、もったりと同じだ。

重厚と言えば威厳を感じるが、ぶかぶかと同じだった。

せっかく、あんなに綺麗な身体をしているのに勿体ない。大きく厚みのある身体は、甲冑の重さをものともしない強さを感じる。筋肉というのが綺麗なんだと、ニコラはイリアスの身体で初めて知った。

じわりと、頬が熱くなる。

初めてイリアスに抱かれてから、一週間が経つ。肌を合わせるというか、閨を共にしてからは二週間も経っている。

最初の一週間が、ゆったりと甘く優しく流れたせいか、抱かれてからの一週間を思い出すと恥ずかしくて死ねそうだった。

ほぼ、ベッドの上で過ごすというのは、なんて退廃的なんだろう。いけないことをしていると、身体も頭も駄目になりそうだと思う。

イリアスの感情の全てがニコラに向かい、溺れるように甘やかされてどうしていいか解らなくなる。

こんなことはきっと、ティフォンだって知らないだろうと、ニコラはにまにまと思い出し笑いしていた。

幾重にも布が隠すベッド。左側にあるランプを一つだけ点けたまま、三日間イリアスに抱かれた。

比喩でもなんでもなく、三日間だ。目を開けて食事をして抱かれて、風呂に入って抱かれてと、三日を過ごす。

ねっとりと篭もった空気は、ニコラの肺すら犯したのかもしれない。イリアスの香は、ニコラの頭を駄目にする。

それからだって、凄かった。そう、だって、と。もやもやとピンク色した一週間を思い出していると、大きな扉がゆっくりと開いた。

「ニコラ」

「イリアス！」

てててと、小走りでイリアスに近付く。少し細めに絞ったチャイナ服は、イリアスの綺麗な身体をしっかりと解らせた。

どうしよう。カッコイイ。

頬が赤くなるのがわかって恥ずかしい。でも、イリアスから目が離せない。真横に並んだニコラは、イリアスを見上げて熱い息を吐いた。

「おかしくはないかい？　こうやって着るものではないからね」

「……似合ってる」

「おや。可愛らしい頬が真っ赤だ」

イリアスの指に頬を擽られ、ニコラはもぞもぞと身を捩る。

ニコラだって、色々な服を贈られた。イリアスだけではなく、他のものにも贈られたし、兄姉だって楽しそうにニコラの服を選んだ。

何が楽しいのかと思っていたけど、これは楽しい。普段とは違う服装というのは、目に眩しいのだと知る。

「まったく……僕達もいるんだけどね！」

「あ、自分のことはお気になさらずに！」

ぼーっと、イリアスに見惚れていたニコラは、ティフォンの声に我に返った。

赤くなった顔を押さえて、そっとイリアスから離れようとする。一歩だけだ。それだけ離れようとしたけど、イリアスの大きな掌に腰を支えられてしまう。

「鼻の下を伸ばすのも結構だけどね。パーティーではニコラを頼むよ？」

「もちろんだよ」

「ニコラも！　パーティーの間は決してイリアスから離れないように頼むよ」

「え？　あ、そ、そうね」

ティフォンの忠告に、ニコラは首を傾げて眉を寄せた。

どうして、そんなことを言うのだろうか。パーティーに何の危険があるのかと、少しだけモヤっとしたけど、きっとニコラはイリアスから離れられないだろう。今だって、一歩すら離れられなかったのだと、そっとイリアスを見る。

「では。行こうか」

「……うん」

イリアスの左手はニコラの腰を抱き、右手はニコラの左手を握っていた。

この状況で、どこに逃げるというのだろう。よそ見をすることすらできないと、ニコラは心の中で肩を竦める。

魔の世界で、ニコラは自由だった。

駄目と言われたことをやりたくなる天《あま》の邪鬼《じゃく》なところと、気になるものがあれば駆けだす好奇心が厄介だと、ティフォンに言われていた。魔の世界の王は、苦笑するだけ。兄姉は苦笑しながらニコラを抱き上げ止めようとする。

年齢が上がれば、そこまで酷いことはしなくなったけど、まだ天の邪鬼と好奇心はニコラの心の中にいる。

結婚式の時だって、本当は色々と気になるものがあった。迷路のような庭園に、大勢の人が花籠を持っている。人よりも花籠が気になると、少しだけ周りを見ただけで、イリアスはニコラの耳元で諫《いさ》める。

よそ見をしてはいけないよ。他の男を見てはいけないよ。

そんなイリアスが真横にいて、今も逃げられないように拘束されているのと同じように手を繋がれて、ニコラは少しだけそわそわした。

「……ねぇ」

本当は、イリアス以外の人など、どうでもいい。

思いを交わしてから一週間で、拘束されるような閉じ込められるような重さも心地良いと知っている。

だけど、気になるじゃないか。離れちゃいけないというのなら、離れたらどうなるのか。離れちゃいけないというのなら、離れると何か起きるのだろうか。

ドキドキしながらニコラは、イリアスを見て、聞いてみた。

「離れちゃいけないの？」

「いけないね」

「離れると、何かあるの？」

「私のお仕置きが待っているかな」

「…………絶対に離れないから」

優しい微笑みなのに、目は笑ってない。深い緑色の瞳の底に、ゆらめく暗い色が見え隠れしている。

これは駄目だ。駄目なヤツだ。

こくりと、唾を飲み込んだニコラは、イリアスの手をぎゅっと握って、ふるふる震えた。

だから、上の空になってしまう。パーティーの会場に足を踏み入れたのだろう。わーっと、いう歓声も聞こえない。周りの者が集まってきて、イリアスに挨拶をしているのも、どこか遠くに聞こえてしまう。

挨拶を返さないといけないとか。魔の世界からの花嫁として笑顔を見せなければいけないとか。どうでもよくなってしまった。

でも、大丈夫だろう。

パーティーで挨拶をするものには、適当でいいと言われている。どうしてかは解らないけど、ティフォンが高圧的な態度でいけと言っていた。いっそ、無視してもいいと、イリアスも言っていたので問題はない。

「ニコラ」

「………」

人の世界の人達に、魔の世界から来た花嫁の顔を見せるだけだと、ティフォンとイリアスは言っていた。

ティフォンが言うには、人の世界では結婚式の後に披露宴というものがあるらしい。

しかし、魔の世界から来たニコラは、人が大勢いるところに長時間いると具合が悪くなってしまう。人の世界に慣れたとはいえ、まだ二週間しか滞在していないから、簡単な顔見せのパーティーにしたと言っていた。

事情は事前に話をしてある。ニコラの具合が悪くなるようなら、すぐに抜け出しても問題ないように手配してある。

「ニコラ。西の国の者だ。ご挨拶を」

イリアスの声と、頬に当たる指に、ニコラはようやく目の前を見た。

最初、ニコラが有り得ないと思ったオリエンタルな服を着た男がいる。ぶかぶかのだぼだぼで身体のラインというか、服の中で隠れんぼができそうな服だ。

正直。挨拶をするのも嫌だと思うぐらいには、ダサい。

「式の時に見た白のドレスも美しかったが、貴方の美しい白い肌に黒のドレスは映えますね！　本当にお美しい！」

「……ああ、そう。ニコラ＝ニュクスよ。お見知りおきを」

にこりと笑ってから、ついっと視線を外した。

高圧的な態度で接しなければいけないことは、魔の世界でも多々ある。政のことは何も教えてもらえないけど、そうしろと言われたら断る理由もない。むしろ、自分にできることがあるのだと、嬉しいとさえ思っていた。

「先程もご挨拶させて頂きましたが、あまりのお美しさに惹かれてしまいました。ニコラ様の瞳は宝石よりも輝いて私を魅了しますね！」

「……許していないわ。触れないで」

伸ばされた手を叩き落とすこともせず、ニコラは美しく見えるように微笑む。結婚式の時に顔を合わせたらしいが、ニコラは当たり前だが覚えていない。

そっと、視線をイリアスに握られた手に落とし、苛々しながらぎゅっと握った。

結婚式に、綺麗なドレス。パーティーに、高価な指輪。本当に、どうでもいい。ゆるゆると、遊ぶようにイリアスの手を揉む。

苛々する。胸がちくりと痛む。だって、触れられそうになった時、イリアスはニコラの身体を引きもしなかった。

他の誰かに触れられるつもりもないが、抱き寄せてくれてもいいのではないだろうか。他の誰かの手から守るように、避けるように、イリアスが触るなと止めてくれてもいいのではないだろうか。

笑みが消えていたのか、ニコラを覗き込んだイリアスは、あやすように頬を撫でた。

「おや。ご機嫌斜めかな」

「……喉が渇いたの。フルーツが欲しい」

「そうだね。では、失礼するよ」

追い縋る声が聞こえてきたけど、そんな情けない声を出せることが羨ましい。待ってくれだなんて、口に出せることが羨ましい。

そんな馬鹿なことを考えてしまう。

これだけ一緒にいても、ニコラは一度だってイリアスを翻弄したことがなかった。イリアスに溺れている自覚がある。好きなだけでいい。好きになっていいと解って、本当に嬉しかった。イリアスから告白されて幸せだけど、気付いてしまった。

結婚式をしたら、もう、大事にしてもらえないのだろうか。

人の世界に平和を示し、戦いが終わった証拠であるニコラと結婚したと公言したら、あの恐ろしいほど重たい愛情はなくなるのだろうか。

酷く、馬鹿なことを考えていると思う。だけど、イリアスの重たい愛情に溺れて、普通なんて言葉を忘れてしまった。

「ねぇ、イリアス」

「うん」

翻弄するほど魅了できないのなら、お願いして縋ればいいのかと、ニコラはイリアスを見つめる。

最初に夜這いをかけた時も、縋ったらベッドに入れてくれた。同じようにお願いすれば、まだ可愛がってもらえるかもしれない。

この身で受けてきたイリアスの愛は、ニコラの心を変えてしまった。

重たく怖いと思っていたのに、それを嬉しいと感じる。溺れるような甘やかしは、子守唄のようにニコラに染み込んでいる。

重いと、怯えながら悦楽を感じた。怖いと、恐れながら歓喜に浸っていた。

「……あのね、お願いがある」

「何かな？」

ちらりと周りを見れば、大勢の者がこちらを見ている。一挙一動を監視されているようで、甘えるようなお願いは言えない。

悔しいと唇を尖らせた時に、一人の男がこちらに近付いてきた。

「やぁやぁ、人の世界の王。イリアス。お久しぶりです！」

「おや。東の国の。久しぶりだね」

「こちらが、魔の世界からの使者ですか？　お美しい！」

さっき聞いた言葉を投げられて、ニコラはイリアスの腕に抱き付く。邪魔だとは言えないから、少し顔を顰めて近付いてきた男を睨んだ。

どうして、今。部屋に帰ったらお願いがあると言いたかったのに、どうして今そんなに急いで来るのだろう。

「ニコラ」

「………ニコラ＝ニュクスよ。美しいは聞き飽きたわ」

「ああ、すまないね。どうやら機嫌ではなく、具合が悪いらしい」

左の腕に抱き付いたのに、イリアスに少し動かされただけで正面から抱き締められていた。


きゅうっと、全てのものから守るように抱き締められると、小さな溜め息が零れてしまう。ふぅとか、はぁとか、安心した時に漏れる息に、周りの喧噪が少し小さくなる。

「まだ人の世界に慣れていないようだ。大事にし過ぎたせいかな」

閨から出さないのも考え物だね、と。楽しそうにイリアスが言うから、回した手で背をぽかりと叩いた。


具合が悪いと言ったせいか、簡単にパーティーから抜け出せた。

ざわざわと、遠巻きに聞こえる声はニコラの耳に届かず、イリアスの腕の感触だけを感じて目を閉じる。

「ああ、疲れたねぇ」

「……そ、そうね」

しみじみと言うイリアスに、ニコラは曖昧《あいまい》に答えた。

確かに、疲れたと言われたら、疲れた。結婚式に、パーティー。人の世界の王であるイリアスにとっては政になるのだろう。

そう考えると、今の状況は不味い。パーティー会場で抱き締められてから、ニコラの足は床に着いてなかった。

ずっと、イリアスに抱き上げられたまま、会場を出て静かな階段を上がっている。太陽は落ち、蠟燭の明かりが灯り、ゆらゆらと二つの影を揺らしている。

「……具合が悪いとか嘘だから、わたし、自分で歩けるよ?」

「精神的に疲れただけだから、ニコラを抱っこしていた方が落ち着くね」

ぎゅうって抱き付いてくれたら癒される、と。笑いながら言うから、ニコラはイリアスの首にしがみついた。

言われた通り、ぎゅうぎゅう強く抱き締める。頭を撫でると、くつくつと喉の奥で笑うような音が聞こえてくる。

珍しい。イリアスがこんなことを言うなんてと思ってから、珍しいのではなく今までが特殊だったのだと気付いた。

退廃的な生活。二人だけの時間。ベッドの上で過ごしていれば、何も解らないのは当たり前だろう。

「パーティーとか嫌いなの?」

「面倒だとは思うかな」

階段を上ったから、後は廊下の突き当たりまで行けばイリアスの部屋だった。

長い廊下に、蠟燭でできた影が踊る。夜這いの時も踊っていた影は、ニコラには馴染みの光景だった。

魔の世界と、同じ。太陽は昇らず、暗闇が支配する夜は懐かしい。

だけど、自分は変わってしまった。イリアスに作り替えられてしまった。

おかしいと、解っている。恐ろしい程の甘やかしなど、ない方がいいだろう。怖いぐらいの優しさなんて、ない方がいいに決まっている。

最初は顔が引き攣るぐらいに怯えていたくせに、その怖くて恐ろしくて重たい感情が嬉しくなったなんて、言わない方がいいのかもしれないと、ニコラは唇を噛んだ。

きっと、ティフォンに言ったら、熱があるのかと心配される気がする。

君は馬鹿だろうと、言われそうだと思う前に頭の中で凄くリアルに再現される。猫のくせに、呆れた顔が得意なんだからと、ニコラは溜め息を吐いた。

人の世界に来て二週間。イリアスには振り回されてばかりで、魔の世界で意気込んでいた時のことを懐かしく思う。勘違いだったけど、人の世界の王なんか取るに足らないだろうと思っていたのに、ぐるぐると変わる自分の心に驚く。

結婚式が終わって、パーティーも終わった。

これが、一つの区切りなのだろう。始まりかもしれないけど、終わりでもある。だから、色々と考えてしまった。

もしかしたら、混乱しているのかもしれない。本当の自分の気持ちが解ってないのかもしれない。

だって、おかしいだろう。怖くて恐ろしくて重たい感情が欲しいのか。閉じ込められ際限なく甘やかされ駄目にされる感情が欲しいのか。自分に問いかけている時点で、答えは解っているけどと、ニコラは自嘲した。

少し、落ち着けば変わるかもしれない。ただ、混乱しているだけかもしれない。イリアスになんて言っていいのかも解らないし、自分がそこまで作り替えられてしまったと認めるのも怖かった。

「ニコラ？　ニコラ」

「……え？」

「本当に具合が悪いのかい？」

イリアスの声に周りを見ると、もうベッドの中だった。

思わず、きょろきょろ周りを見てしまう。廊下の突き当たりまで行けばイリアスの部屋だと思っていたのに、幾重にも布がかけられたベッドにいる。

ベッドに着いたばかりじゃないと解るのは、もう布は落とされ閉じられた空間になっていたからだった。

「ごめん、考え事、してた」

眉尻を下げてイリアスを見ると、困ったような笑みを浮かべられる。

いつの間に、抱き上げられているのではなく、膝の上に座らされているのだろうか。胡《あ》座《ぐら》を掻いたイリアスの膝に、ニコラは横向きに座っている。

考え事をしていると、周りも見えないし何も聞こえないというのは、ずっとティフォンに怒られてきたことだった。

「ティフォンにもね、話を聞かないって怒られるの」

「周りが解らなくなるぐらい集中してしまうんだね」

「……うん」

ちゅっと、こめかみにキスをされる。頭を撫でられて抱き寄せられると、ニコラはどんどん駄目になる。

イリアスの声が悪い。香りが。大きな掌が。優しく笑うと細められる目が。凭れても揺るがない身体が悪い。

「お願い事、だったね」

「え？」

心の中でイリアスのせいにしていたから、問いかけられて言葉に詰まった。

お願い事。お願いがあるのと、言ったけど、なんて言えばいいのか解らない。まだ、認めることもできないから、イリアスに縋るような目を向けてしまう。

「私から逃げたいという願いは叶えられないけど、他のことなら融通するよ?」

こしょこしょと頰を擽られて、ニコラは目を丸くした。

ドキリと、心臓が跳ねる。図らずとも、ニコラが聞きたいことを言ってくれて、これに乗ればいいのかと口を開く。

「……に、逃げちゃ駄目なの?」

「おや?」

逃がさないと言ってくれるのかと、ニコラが最後まで口から出す前に、イリアスの低い声に切られた。

ぞわりと、空気が冷たくなる。ぴりぴりと、肌が傷みを感じる。目を丸くしたまま、口を開けたまま、ニコラはイリアスを見つめた。

「逃げたかったのかな? 私のニコラは」

「………あ、ち、違う」

どうしよう。間違えた。これは駄目だ。言っちゃいけないことだ。

イリアスは笑っているのに、深い緑色の瞳は笑っていない。口角が上がっているだけで、悪寒を感じる程に恐ろしい空気を作っている。

これは、違う。ニコラが欲しいと思っていたモノと、違うモノだった。

重たい愛情じゃない。嫉妬なのかもしれないけど、怒りの方が強い。でも、言い訳をするなら、最後まで聞いて欲しかった。

逃げたかったのではない。全然、違うのに。反対なのに。逃げたいんじゃなくて、今までみたいに逃がさないと言って欲しいだけなのに。結婚しても、束縛してくれるのかと聞きたかっただけなのに。

ふるふると、ニコラは必死に首を横に振った。

「誰か気になる御仁でもいたかな?」

「い、ない……そうじゃ、なくて……」

ニコラは触れたことはないけど、竜の逆鱗《げきりん》に触れてしまったと、ニコラは渇いた喉を湿らせたくて唾を飲む。

声が、絡む。思考が、絡まる。身体が、動かない。

何だろう。魔法なのか。やっぱり、イリアスは魔法を使えるのか。深い緑色の瞳に睨まれて、イリアスが怒っていると思えばニコラは何もできない。

「イリアス……イリアスっ」

大きな掌がニコラの服を簡単に剥いでいくのを、どこか遠くから見ているような気さえした。

チャイナ風のドレスは、身体のラインに沿って作ってあるけど、花釦を外してしまえばただの布になる。今日はズボンを穿かなくていいと言われたから、ドレスを脱がされると下着姿になってしまう。姉達は胸を上げるためにブラジャーやコルセットをつけていたけど、ニコラはドレスの色に合わせたショーツしか穿いてなかった。

恥ずかしい。寒い。怖い。どうして、こんなことになってしまったのだろう。

「ああ、ニコラ。泣いてはいけないよ」

「う、イリアス……イリアス、あの、ね、聞いて」

外しにくい花釦を外すイリアスに、怒りの度合いが表れているようで、ニコラはふるりと震えた。

感情に任せて怒れば、花釦なんて飛んでいるだろう。

このドレスの布地を破くことなんて、イリアスには簡単なんだと解っている。大きく太い指で、繊細な花釦を外していることが、ニコラには怖かった。

「イリアスっ、違うのっ、あっ……」

嫌われたくない。呆れられたくない。怒らせるつもりはなかった。

逃げたいんじゃなくて。そうじゃなくて。ああ、どうしよう。こんなことなら、はっきりと言ってしまえば良かった。重たい愛が欲しい。束縛されたい。駄目になるほど甘やかされたい。おかしいなんて思わないで、おかしくてもいいじゃないかと、イリアスに言えば良かった。

「五時間、程度かな」

「え？　な、何が？」

ゆらゆらと、視界が揺れている。まだ零れてはいないけど、目に涙の膜が張っているのが解る。

するりと脱がされたドレスが、ベッドの端の方へ放られるのを、ぼんやりとニコラは見送ってしまった。

だって、何が。何が、五時間なのか。

揺れる視界の中で、イリアスが楽しそうに笑う。

「この城から出て、五時間程度ならば……動けると思うよ」

「そ、そう……」

「馬車のような空気が遮られている場所なら、もう少し大丈夫かな」

「う、ん……」

だから、どうしてそんなことを言うのかと、首を傾げてから気付いた。

違う。違うのに、なんて言っていいのか解らない。逃げたいのではない。逃がさないと言って欲しいだけだ。

「……ご、五時間」

「人の世界から逃げるのなら、馬に乗るしかないよ」

「うま……前に、イリアスが乗っていた、四つ足の？」

「そうだね。魔の世界から翼竜を呼ぶ前に、五時間を使ってしまうだろうからね」

にこにこと、笑うイリアスに、ニコラは眉尻を下げる。

逃げていいのか。逃げる手段を教えてくれるのか。やっぱり、結婚式が終わってしまえば、今までのように執着はしないのだろう。

怒っていたのは、皆が欲しがる平和の象徴が、人の世界の王から奪われること。

魔の世界から来た花嫁を、他の誰かが所持すること。逃げられることは、恥であり不名誉であり汚点になる。

言わなくて良かった。重たいが欲しいというのは、おかしいことだ。束縛され、閉じ込められ、駄目になるほど甘やかされるのを欲しいと思うことは、いけないことだ。

イリアスの深い緑色の瞳を見ながら、一回瞬いて、ニコラの瞳から涙が零れた。

「ああ。泣いてはいけないと、言っただろう？」

「う、うん……そう、ね……」

「逃げる君を捕らえるのもいいが、逃げられないと泣く君も捨てがたい」

怯え我武者羅《がむしゃら》に逃げるニコラは可愛いだろうと、イリアスは幼く見える笑みで夢見るように言う。

鎖で繋いで全身を振り逃げたいと泣くニコラも可愛いだろうと、イリアスは楽しそうに言うけど目は笑っていなかった。

心臓が、止まる。

ぞくぞくと、喜びに似た快楽が背を這い上ってくる。

どうしよう。嬉しい。駄目になった。本当に、自分はイリアスに作り替えられてしまった。こんな言葉を嬉しいと思うなんて、自分でもおかしいと解っている。

でも、逃がさないと、イリアスは言ってくれた。

どちらにしても、何をしても、逃がさないと言っている。

「に、逃げない……」

「逃がさないよ」

低く甘い声で囁かれて、ニコラは頬を染めた。

こんなに束縛されて幸せだと思うことがおかしいのなら、おかしくてもいいのかもしれない。だって、イリアスは束縛したくて、ニコラは束縛されたい。

恥ずかしいけれど嬉しくて、ニコラは自分の体温が上がるのを感じた。

自分の手で、赤くなっているだろう顔を隠す。にやけてしまいそうな顔を隠して、イリアスから顔を背ける。

「……そ、そう、言って、欲しかっただけ」

「おやおや。可愛らしいねぇ、私のニコラ」

指の隙間から、イリアスがまだ一枚も脱いでないことを知った。

しっかりと着込んだままのイリアスの膝の上で、自分はショーツしか穿いてない。しかも、全身が赤くなっているだろうから、顔を隠したまま身を捩る。イリアスの側ではなく、反対側に転がろうとした。

でも、大きな掌が、ニコラの腰を支える。顔を隠していた手首を摑まれ、強引にイリアスに凭れかかるように引き戻される。

「…………イリアス？」

ティフォンの言葉が、頭の中に蘇った。

『君は自分の行動と言動に責任を取りなさい』

そうだ。そう、言っていた。その通りなのか。ああ、解っている。逆鱗に触れたことはないけど、間違いでしたと言って、はいそうですかとならないことぐらい知っている。

笑っているのに、目が笑っていないイリアスに、ニコラはこくりと唾を飲んだ。

「さぁ、君から私にキスをしてごらん」

ぞわりと、背筋に悪寒が走った。

冷たい空気は、魔法なのか。それとも、射殺《いころ》すような視線を考えると、殺気なのか。

どうしようもない。責任を取らなければならない。解っているけど、怖いものは怖いし、泣きそうだった。

「……は、はい」

低く甘い声は、ニコラの身体を動かす。どうして、抗《あらが》えないのだろう。抵抗する気力すら、今のニコラには残されていない気がする。

のろのろとイリアスの膝の上から手を伸ばし、そっと伸び上がってキスをした。

ああ、そうか。イリアスの薄い唇は渇いていて、ニコラは自分の心臓がどきどきしているのを感じる。

怖いのに、嬉しい。恐ろしいのに、どこか期待している。いやらしく、はしたなく、恥ずかしい気持ちを感じながら、イリアスの頬を両手で包み、ニコラは舌で唇を舐めた。

「ね、くち、口、開けて……」

請えば、イリアスはすぐに口を開けてくれる。うっすらと、いつもニコラを翻弄する舌が見える。

でも、違和感を感じた。

イリアスの両腕は、ニコラの腰を抱いている。珍しく支えるだけで、腕も掌も動かそうとしない。必死になって、口の中に舌を入れるけど、イリアスは何もしてくれなかった。

キスをする時に、無意識に目を瞑《つむ》っていたのだろう。震える瞼を上げて、目の前にある深い緑色の瞳を見る。

ゆらりと、緑色の奥に暗い色を見付け、まだ怒っているのだと解ってしまった。

「……イリアス」

「うん」

「……し、舌、絡めて、噛んで、擽って」

ぴったりと、イリアスの唇を塞ぐように口を開け、ニコラは厚い舌に舌を絡める。

いつも、やってもらうように、イリアスの舌を吸う。先端を甘く噛んで、口の中を弄ろうとするけど、ニコラの舌では思うように動けない。

だって、イリアスの舌を飲むみたいに吸うだけで、ぞくぞくとした快楽が背に這うのが解った。

「んっ……イリアスっ……」

あやすみたいに、腰をとんと叩かれ、ニコラは必死にイリアスの舌に噛み付く。こうして合わせてみて、初めて自分の舌は小さく薄いのだと、知りたくもなかったのに教えられた。

口蓋に届かない。喉の奥なんて、絶対に無理。舌を吸って、イリアスの唾液を飲み込んで、動かない舌に焦れて頬を撫でる。

「……ね、ねぇ、お願いっ」

泣きそうな声で懇願すれば、ニコラの小さな舌はイリアスに食べられた。

ニコラがキスをした時よりも、唇が深く重なる。望んでいた大きく厚い舌が、ニコラの

口内を嬲っていく。

口蓋を擽られ、腰が跳ねるのが解る。喉の奥まで舐められて、苦しくて涙が零れるのに、じわりと濡れる。

舌を嚙まれて飲み込まれ、全身が熱くなって肌が戦慄くのが解った。

「んぅ、んんっ、んっっ」

何もされなくて疼いていた快楽が芽を出す。口の中で響く唾液の音は、頭蓋に響いて思考を溶かす。

苦しい。そんなに舌を吸われては、また呂律が回らなくなる。気持ちよくて、苦しくて、ニコラは必死にイリアスの頰を撫でた。

もっと。唇が腫れるぐらい、もっと欲しい。でも、駄目。じわりと濡れた蜜口が、覚え込まされた何かを求めている。

「ふぁっ……あ、いりあ、す」

「可愛いね。顔が真っ赤に熟れているよ」

にこにこ笑っているイリアスは、腰を支えた腕を動かす気配すら見せなかった。

なのに、膝の上から下ろしてもらえない。横抱きに抱えたまま、ただニコラを見て笑っている。

長いキスで焦れた身体は、もっと快楽が欲しいと言っているのに、イリアスの掌は何もしてくれなかった。

「イリアス、ねぇ、イリアス……」

「うん」

「そ、そうじゃなくって、お願い、触ってっ」

動かないイリアスの右腕を摑んで、自分の胸に当てる。熱い掌に肌は粟立ち、熱が上がるのに何もしてくれない。

ああ、駄目だ。駄目になる。駄目になった。

ニコラは小さな舌でイリアスの唇を舐め、動かない掌と一緒に自分の胸を弄る。太い指に指を添えて、震えて立ち上がっている乳首を抓む。

「あっ、あぅ……」

もどかしくて、焦れて、熱くて、疼いて、ニコラはイリアスの肩に手をかけ伸び上がった。

イリアスの膝の上で膝立ちになり、さっきまで舐めていた唇に胸を近付ける。濡れた唇に乳首を擦り付けるように必死で動いて、動かない腕を取って股間に当てる。

馬鹿みたいだ。情けなくて、恥ずかしい。

なのに、下着越しに感じるイリアスの掌に、身体の奥が濡れるのが解った。

「お願いっ、イリアスっ、お願いだからっ！」

ひくっと、喉が鳴る。涙がぼろぼろ零れて頬を濡らし、動いてくれない唇と掌に腰を振る。

解っている。自分がいけなかった。逆鱗に触れてはいけないと解っていたのに、触れてしまった。

でも、だって、そんなにも怒るとは思わなかったと、ニコラはしゃくり上げながらイリアスの頭を抱き締めた。

「も、言わないからっ……逃げないっ、イリアスじゃなきゃ、駄目なのっ」

浅ましく股間に導いた手も離して、両腕でイリアスの頭を掻き抱く。髪をくしゃくしゃにするぐらい強く、抱き締めて涙を零すことしかできない。

「イリアス、だけっ、イリアスだけだからっ、だって、好きなんだもんっ」

「……ニコラ。泣いてはいけないよ」

「だ、だって、だってぇ」

ひくひく喉を鳴らして泣いていると、イリアスの腕がニコラを引きずり下ろし、深い緑色の瞳に捕らえられた。

まだ、涙は止まらない。でも、イリアスは嬉しそうに笑っている。

「そんなに泣いては目が溶けてしまう」

「す、好きなの、イリアス、イリアスだけ、逃げるとか考えてないっ」

「君の泣き顔は愛らしくて……もっと、酷いことをしたくなる」

目を閉じる暇も、声を出す時間も、何もなかった。

にぃっと、意地悪そうに笑ったイリアスの瞳を見て、驚く前に下着は剝がされる。

何を、と。言う暇だってない。驚くことも、悲鳴を上げる時間もない。今は一度だって慣していないのに、イリアスの性器が蜜口に当たって、怯える間もなく突っ込まれた。

「いっっ⁉ あっ、あ、あ」

「……きついが、上手に呑み込んだねぇ」

一週間、抱かれ続けていれば、身体の中がイリアスを覚えてしまう。それとも、イリアスの形に開いてしまったのか。圧迫感と異物感と、少しの痛みだけで、ニコラの身体はイリアスを呑み込んだ。

息と一緒に、涙がほろほろ零れる。

もう、痛くない。まだ、圧迫感と異物感はあるけど、すぐに慣れる。初めて乱暴に貫かれたことよりも、こんなことで快楽を感じる自分が怖かった。

「可愛いねぇ……」

「うぁ、あ、いり、あ、う……」

「舌を絡めて嚙んで擽る、で、いいのかな？」

ぱくりと、口を塞がれる。すぐに厚い舌がニコラの口の中に入ってきて、舌を嚙まれて吸われる。

ぞくぞくと快楽が上ってくるのに、入れただけでイリアスは動かなかった。

「……んぅ、う、うぁ」

震える舌の横を擽られ、口蓋も舐められる。気持ちいい。ニコラもイリアスの舌を嚙みたいのに、震えて縺れる舌は自分の意思で動かせない。

もどかしいと、また涙が零れると胸を掴まれた。

「ここは、触るだけでいいのかな？」

「あ、あぅ、んんっ」

ゆっくりと、掬うように胸を揉まれて、乳首を抓まれる。きゅっと意地悪く、捻るみたいに抓むから、ニコラの腰が跳ねてしまう。

無意識に腰を回し、動いてくれないイリアスの性器を味わおうとして、片腕に止められてしまった。

「やぁうっ、あ、やだ、やだぁ」

くりくりと乳首を苛められ、涙がほろほろ零れていく。腫れて痛いぐらいなのに、爪で引っ掻かれる。何度も何度も抓られて、痛いのに気持ちいい。熱を持ってしまったのが解る。右も左も苦しいぐらいに弄られ、何もされなくても存在をニコラに教えた。

なのに、もう、身体の力は抜けていて、胸を弄るイリアスの手を引っ掻いても意味はない。痛いと言っても駄目で、ならば動いてと言っても聞いてくれない。

「う、うごいて、いっぱい、おく、ちょうだいっ」

「おやおや。言っただろう?」

「んんっ、うぁ、あ、いりあすっ」

「これは、お仕置きだよ」

私から逃げようと思っただけでも、許してあげられないねぇ、と。

どこか、のんびりと言うのに、ニコラは怖くて全身を震わせた。

もう、絶対に言わない。絶対に、逃げるとか言わない。弄られ過ぎて、乳首がじりじりと熱を持っている。中は焦らされ過ぎて、イリアスの性器を食べるみたいに蠢《うごめ》いているのすらわかる。

「や、やだぁ、ご、めんなさ、ゆるして」

「うん。では、胸は許してあげようか」

ひりひりする乳首から指が離れて、ニコラはゆっくりと息を吐いた。

しばらくは、布が触れても痛いだろう。こんなに腫れてしまって、血が滲んでないのが不思議なぐらいだ。

なのに、気持ちいいから怖くて、痛みですら快楽になるのかと不安になる。

ぼんやりと、そんなことを思っていれば、咎めるような声が耳に吹き込まれた。

「余所事を考えてはいけないよ」

「……ひっっ⁉」

乳首を苛めていた指が、ニコラの股間に伸びる。ぎちぎちに拡がってイリアスを食んでいる蜜口ではなく、突起を指の腹で潰される。

動かないように腰を支えていた腕は肩を押さえ、人差し指と親指の腹で突起を弄られた。

「いやぁあっっ‼　やだっっ！　やだぁあっっ‼」

駄目だ。それは、駄目だ。

赤く腫れて痛みすら感じる乳首を思い出す。そんなところを同じように扱われては、歩くことすらできなくなる。

「ひぃっ、あっ、いりあすっっ、やだぁっ！」

「嫌、と言ってもねぇ……お仕置きだからね」

頭を振り乱して、ニコラは必死でイリアスを遠ざけようとした。

肩を、首を、腕を、押して引っ掻いて身を捩る。ゆるゆると、突起を擦られ、弄られるたびにぷしゃっと蜜液が零れる。

どうして。こんなに嫌だと言っているのに。ニコラが必死になっても、ちっともイリアスは動かない。

太い性器を身体の奥まで埋められて、敏感な突起を弄ばれ、ニコラは何度も達していた。

「ば、ばかぁ……いりあす、いじわる、いじわる、だ」

過ぎた快楽で失神しても許してもらえず、何度も何度も死にそうに苛められたニコラは、起きた瞬間にイリアスを叩いた。

雰囲気が違う。逆鱗に触れた怒りは感じず、いつものイリアスだから安心して涙が零れる。迷子の子供が親に会えた時のようにニコラは気が緩んでイリアスを詰った。

寝ていたわけではないだろう。まだ、身体が熱を持っているのが解る。あそこも、そこも、どこも、全部が全部熱を持っていて、べそべそ泣きながらイリアスを叩く。

「うん。意地悪だったね。ごめんね」

「どこもかしこ、もっ、いたい、だから」

イリアスはにこにこ笑いながらニコラを抱き上げ、ベッドにかかる布を捲るようにくぐった。

失神している間に用意したのか、大きなバスタブに湯が張られている。この大きさのバスタブでは、イリアスは一緒に入れない。でも、酷く抱かれた時は、イリアスは給仕に徹してくれた。

甲斐甲斐しいにもほどがある。そう思うぐらいに、なんでもしてくれる。

最初は、恥ずかしくて恥ずかしくて蹴りたくなるぐらい恥ずかしかったけど、何度もされていると慣れてしまった。

風呂に入れられるのも。身体を拭かれるのも。髪を手入れされ、口移しで飲み物を与えられ、食べ物も食べさせてもらう。

雛《ひな》か、赤子か、愛玩動物なのか。イリアスは幸せそうに、ニコラの世話を焼く。人形遊びにも似た甲斐甲斐しさに苛々したけど、ニコラが何も言わないと機嫌が悪くなるので、本当に世話を焼きたいだけらしいと解って安心して諦めた。

ひとりでは立つこともできない。起き上がることすらできない。支えてもらわないと座れないし、腕を上げることもできない。

迷惑をかけているから心苦しいし、面倒をかけているから不安になる。こんなことでは嫌われてしまうのではないか。呆れられてしまうのではないか。でも、イリアスは嬉しそうに世話を焼いてくれるから不安を飲み込んだ。

「し、したも、うごかな、いし」

「喉も掠れているね。後でレモネードを飲ませてあげよう」

ゆっくりと、身体をバスタブに下ろされる。まだ身体に力が入らないから、イリアスが支えてくれる。腕が濡れようが、胸が濡れようが、イリアスは気にせずに空いた手でニコラの身体に湯をかける。

首を撫でられ、気持ちよさに目を閉じかけたニコラは、そうじゃないと顔を顰めた。

「……イリアスの、ばか」

「うん」

「……さいご、まで、はなし、きいてよ」

優しい掌に、温かい湯。酷いことをされたと思うのに、幸せそうに笑うイリアスを見ていると、怒りがしゅるしゅると小さくなる。

怒りが消えたら、残るのはなんだろうか。小さな棘のように、ニコラの胸に何かが残っている。ちくちくと、悲しくなるぐらい小さな痛みを感じて、イリアスを見つめた。

「……にげたいんじゃ、なくて……にがさない、て、いって、ほしいの」

怖くて、恐ろしくて、重たい愛情が欲しい。

閉じ込められ、際限なく甘やかされ、駄目にされる愛情が欲しい。

自分がこんなにも欲深く傲慢だとは思わなかった。甘やかされて可愛がられて、何かを返したいと思っていた自分はどこに行ったのだろうか。ただ、大事にされるだけは辛いと、そう思っていたはずなのに、イリアスに求めるものは日に日に大きくなる。

「いっぱい、あまやかして……」

「うん」

「いっぱい、かわいがって……」

「うん」

引き攣れる喉を無理矢理開いて、ニコラは震える声を出した。

「とじこめて、ほしい……」

馬鹿な願いだと解っている。こんなことを言うなんて、自分が信じられない。情けないだろう。可哀想だと思ってくれるだろうか。それとも、呆れられるのだろうか。

怖くて怖くて、そっと目を閉じたら優しく唇を啄《ついば》まれた。

「可愛いお願いだね」

「……イリアス」

「でも、鈍いね。可愛くて可哀想なニコラ」

ぱしゃりと、湯が跳ねる。頬を撫でられ、キスをされ、優しく髪を梳くイリアスは夢を見るように幸せそうに笑う。

「抱き潰して動けなくするのは、閉じ込めるためだよ」

「……え？」

「今も、逃げられないだろう？」

ゆるりと、湯の中でイリアスの手が泳いで、まだ腫れている胸を撫でた。

掠れた声が喉に絡まる。ひくりと身体が痙攣《けいれん》して、快楽と痛みに涙が浮かぶ。怖くて首を振ろうとするのに、優しいキスに止められた。

「ほら。こんなことをされても、ニコラは逃げられない……」

「あ、やだ、も、だめ、だめっ」

指が湯の中に潜って、脚の合間を撫でる。散々弄られ意地悪されて、腫れた突起に触れるか触れないかの刺激を送る。

とろりと、溶ける。痛いのに。ひりひりするのに。涙が零れそうになると、イリアスの舌が目尻を舐めた。

それすら感じてしまうのは、おかしいだろう。いや、おかしくないのか。それだけ弄られたせいなのか。ひくひくと喘ぎ、嫌だと身体を捩ろうとしても四肢に力は入らない。

「公務は仕方がないとしても。本当はベッドから出したくないのだけどね」

ちゅっと、目尻にキスを落としてから、イリアスは手を引いてくれた。

どきどきする。怖い。まだ、身体が辛いから駄目なのに、もっと駄目にされるかと思って怖かった。

「……ううっ……もう、さわっちゃ、だめ」

「うん。汗を流して、髪を手入れして、食事をしてからにしようか」

「…………」

頷きたくない。頷きたくないけど、駄目と言っても聞き入れてもらえないだろう。

どうすればいいのか。どうしようか。うろうろと視線を彷徨わせたニコラは、自分の顔が赤くなっていくのが解る。

「こ、こうむ、しかたないとか、だめでしょ」

自分はこんなにも馬鹿だっただろうかと、ニコラは本当に言いたいことを呑み込んだ。

ゆっくりと、優しくしてくれるのなら、してもいい。

そんな本音は言えないから、ちょっと唇を尖らせて常識を説いてみる。

「本当はね。誰かが、私のニコラに馴れ馴れしい視線を向けるのすら嫌なんだけどね」

「……し、しせん、って」

ニコラはイリアスの妻になった。人の世界の王の妻なのだから、一緒に公務として公の場に出ることは多いだろう。パーティーなんかも、立派な公務の一つだ。

だから、馴れ馴れしい口を聞く輩《やから》が嫌だというのなら解る。

馴れ馴れしい視線というのは、さすがに行き過ぎではないだろうか。それでは公務とか言っている場合じゃなくなる。

「……私のニコラと同じ部屋の空気を吸うことすら許しがたいね」

「………それ、は……どうしよう、か?」

ちょっと、どうしていいか解らなくなった。

そこまでいけば、もう笑うしかない。そこまでいけば、皆も許してくれそうな気がする。

笑い事ではないけど、ニコラが思わず笑うとイリアスも笑った。

こんなことを言われて嬉しいとか、本当に自分はイリアスに作り替えられてしまったらしい。

それに、こういう自堕落な時間は嫌いじゃない。甲斐甲斐しく世話を焼かれ、何もかもイリアスの手がやってくれる。

「ほら。髪を洗ってあげよう」

「うん」

「珍しい香油を取り寄せたからね。ニコラの髪に合うといいのだけど」

「ありがと」

イリアスは幸せそうだし、自分も幸せだと思った。

エピローグ

人の世界の王は鬼神だと、そう言われているのをイリアスは知っていた。

実際に、戦いを厭《いと》うことはない。知略を巡らせ、駒を配置し、己の剣で戦うことに意味を持っていた。

だからこそ、人の世界と魔の世界の戦いが終わり、協定まで持ち込めたのは僥倖《ぎょうこう》と言えるだろう。

そこに、人質がなければの話だった。

人質。贄《にえ》。象徴。戦いが終わったと、二つの世界に見せるために、婚姻関係を結ぶ。よくある話だ。人の世界の中でも、何度も見てきた話だ。

ただ、自分が娶《めと》るのなら、話は違う。

戦いが終わった時点で、人の世界の王という肩書きすら捨ててしまいたかった。

これから先に何があるというのか。魔の世界との戦いで、イリアスには何も残されていない。血の繋がり。心の繋がり。全てを失ったからこそ、人の世界の王という立場まで上り詰めた。

戦わないのならば、他に適任がいるだろう。会議や書類等に興味はなく、隠居生活も悪くないと思う。ひっそりと余生を過ごすことができればいいと、長い間付き従ってくれた若い臣下に言えば泣かれた。

「程々にしてくれたまえよ」

「私も人のことは言えないが、ティフォンも過保護だね」

そんな自分が、まさか魔の世界の者と結婚する羽目になるとは、過去の自分が見れば盛大に顔を顰めただろう。

どんな女性も、心に響かなかった。戦いに明け暮れ、過ぎた焦燥《しょうそう》と興奮を吐き出す肌があれば良かった。

「過保護にもなるだろう。僕はニコラが産まれた時からのお付きだ」

「ああ、ニコラは子供の頃から美しかったのだろうねぇ」

真っ直ぐに伸びる豊かな黒髪。美しい宝石のような紫の瞳。陶磁のような肌に、勝ち気な顔。柔らかそうな胸は大きく、くびれた腰から尻にかけてのラインは艶めかしい。

悪くないと思ったが、それだけだ。

心が揺れたのは、大人の肉体に子供のような心を見たから。無邪気であり、好奇心を隠さない。無垢《むく》な心は、最初は作られたものかと思っていた。

随分と、男を手玉に取るのが上手い。さすがは、魔の世界の生き物か。

そう思っていた自分が、今では情けないと思う。子供のように大人ぶる仕草に庇護欲《ひごよく》が湧き上がり、大人のくせに子供のように無知なところに征服欲が湧き上がる。くるくると変わる表情。七十二人目の末の娘と聞いて人質の価値は薄いと思ったが、どれだけ甘やかされ可愛がられたのかすぐに解った。

今では、もう、手放せない。

できることならば、鎖に繋ぎ閉じ込めてしまいたい。

自分の中にここまでの激情があることを、ニコラのせいで知った。

「子供の頃から？」

「ああ。子供の頃から」

結婚式を終えて、まだ三日しか経っていない。ベッドに閉じ込め、生活の全ての面倒を見るのは、愛しい子ならば楽しいのだと知る。

朝も、昼も、夜も。どんな世話でも楽しいと思う日が来るとは、本当に過去の自分に伝えたいぐらいだった。

食事を口元まで運ぶ。風呂に入れ、身体も髪も洗う。服を着せ、髪を手入れし、抱き潰して動けなくなった身体に満足する。

自分の面倒ですら他人任せだったというのに、人の心は変われば変わるものだ。

まだ、ベッドにいるニコラは、目を覚ましてないだろうか。寝ている間に昼食を用意させ、バスタブの指示を出していたイリアスは感慨深く思う。

目の前ではなく、真下にいるティフォンが小言を落とし始めなければ、寝ているニコラを撫でる時間が増えるのにと、イリアスは溜め息を吐いた。

昨夜も無理をさせたので、ニコラはまだ寝ているだろう。起きた時に傍にいてやらないと、可哀想じゃないか。真っ直ぐな黒髪は重く、あまり寝癖がつかないが、もしかしたら今朝はついているかもしれない。それを指摘した時のニコラの顔が可愛いから、できれば一秒でも早く帰りたい。

そう思って、笑いながらティフォンを睨み付けた。

しかし、その程度で引くような猫ではないと知っている。同じように睨んでくるかと思えば、少し呆れたような声を出された。

「あの子は、まだ子供だろう?」

「……もう、子供という年齢ではないのでは？」

ニコラが待っているからと、話を切り上げようとして、考え込むティフォンに嫌な予感を感じる。

この手の予感は外れない。

聞きたくないが、聞かなければいけない気がする。

「ああ、そうか。魔の世界と人の世界では時の流れが違うのか」

「……どういうことかな？」

「あの子は、人の世界で言えば、十四歳……いや、十五歳といったところだよ」

「…………………………」

それなりに長い時間を生きてきたが、これ程までに衝撃的なことは初めてだった。戦いで、どれほど大きな傷を作ろうと、感じたことのなかった目眩を感じる。若い臣下に化け物ですかと言われるほどに、体調を崩したことのない丈夫な身体が揺らぐのをどこか遠くで感じる。

大人の肉体に子供のような心ではなく、本当に子供だったのか。子供のくせに大人ぶるのではなく、子供だったのか。大人のくせに子供のようではなく、子供だったのか。

イリアスの頭の中で、ニコラと子供がどうやっても結び付かなかった。

「まさか、知らなかったのかい？　知らないで手を出したのかい⁉」

「……責任は取る」

「当たり前だろう‼」

戦いの最中や、政略結婚では関係なくなるが、一応人の世界では双方が十八歳になるまでは結婚を控えている。

十八まで三年。もしも、十四だった場合、十八まで四年。

どんなことがあっても鷹揚《おうよう》と構えていたイリアスだったが、初めて自害したいと真剣に考えた。

「……ティフォン」

「……何だい？」

「魔の世界の者は、人の世界で過ごしていても時の流れが違うものかい？」

この事実が公開されるのなら、ニコラと一緒に隠居してもいい。ニコラが十五歳だと知れれば、年齢差を盾に奪いに来る者がいるだろう。いっそ、人の世界の王という肩書きを捨て、どこか遠くに行けば平和の象徴と言えど奪われずに済む。人の世界が望むのは、平和の象徴であって、ニコラではないと解っていた。

だが、自分が一年で一年歳を取るのに、時の流れが違うニコラはどうなるのだろうか。己が老いた時に、ニコラを守ることができるのか。誰かに奪われるぐらいなら、置いていくぐらいなら、己と同じ時を刻ませてしまいたい。

「ああ。それならば心配いらないよ。人の世界に慣れれば、人の世界と同じ時間を進むことになるだろう」

「……そうか」

ティフォンの言葉に安心したイリアスは、ニコラの実年齢を隠し通す決意を固めた。

こういった裏の仕事は、あの若い臣下が得意とする所だ。力はないが、頭脳がある。毎回面倒をかけているが、これだけは頼んでおこう。

どれだけ若かろうが、ニコラを手放す気はなかった。

もちろん、罪悪感はある。酷いことをした自覚もある。後悔はしないが、この事実を知って、同じように接する自信がない。

しかし、このまま自分好みに育ててしまえばいいのではないだろうか。もう、充分に好みに育ててしまった自覚はあるが、何も問題はないような気がする。

そういったお伽噺《とぎばなし》もあった気がすると、己の性癖に蓋《ふた》をすることにした。

「なんだ。君でも心配かい？」

「……人の世界では、結婚は十八になってからと言われているからね」

「肉体的には問題はないけどね。子を成すのは、あと三年は待ってもらいたい」

「…………子、子供、かい？」

今の話を聞いて、子供が子供を作れるわけがないだろうと叫びそうになる。その子供に手を出して、あまつさえ無体を働き仕込んでいる自分が言ってはいけないだろう。

だが、悪くない。良い話だ。

子供ができれば、ニコラはどこにも行けなくなるだろう。自分の元に縛り付けるにはちょうどいいのかもしれない。

「イリアス。僕の話を聞いていたかい？　三年は待ってもらうぞ」

「……ティフォン。子は授かり物だよ？」

「だから！　気をつけろと言っているんだろう‼」

「気をつけても、どうしようもない時もあるね」

物騒な会話が繰り広げられているが、すよすよ眠っているニコラには届かなかった。

ただ、イリアスの甘やかしと可愛がりが加速して、過保護がレベルアップしてカンストすることに首を傾げるしかない。

何があったのかとイリアスに聞いても、きっと答えてもらえないだろう。ティフォンに相談しても、『いいかい？　しっかりと、しっかりと自分を保つのだよ』としか言われないだろう。

それでもニコラは幸せだろうから、意外といい夫婦をやっていきそうな気がした。

あとがき

初めまして、永谷圓《ながたにえん》さくらです。

このたびは拙作『国王陛下をたぶらかすつもりが（処女バレして）てのひらで転がされました。』をお手に取って頂きありがとうございました。


今回の話は、なんちゃってファンタジーです。人の世界だとか魔の世界だとか、マイワールドが広がっております。

なんちゃってですが「魔の世界！　異世界！」と、私の心の奥に住んでいる中学生男子が大暴れです。しかし。やっぱり私の心の奥に住むパンツ一丁のおっさんが「どうせ二人でイチャイチャするだけだからファンタジーも意味がない」と言うので、中学生男子は泣き濡れております。

そんな残念なファンタジーです。

だが、しかし。中学生男子もパンツ一丁のおっさんも大喜びなエロ設定だけは存在するという、更に残念な仕様です。

おかしいなぁ……合い言葉「はー〇〇〇ろ〇んす」と歌いながら書き始めたファンタジーだったのに、どうしてかえーぶいのようになってしまいました。あれ？

そして、色々な方に感謝を。

担当さまには本当にお世話になりました。

イラストをつけてくださった、成瀬山吹《なるせやまぶき》さま。本当にありがとうございます。すんごい格好良いイリアスに思わず座椅子から立ち上がりました！　これなら強引で過保護で独占欲強くても許せる気がする‼　そして可愛くて綺麗なニコラに思わず座り直して正座しました！　こんな可愛い子になんて無体を⁉　と、ティフォンの気持ちになってしまいました！

相談に乗ってくれた山ちゃんも本当にありがとう。

最近のしのちゃんは「終わったの？　本当に終わったの？」と、メールをくれますが、本当に終わっているので大丈夫だよ！　嘘じゃないよ！　カラオケ行っても大丈夫なんだよ！

修羅場中に私が「神様が降臨してくれれば！」と言っていたせいで、神様が降臨する踊りだとか三点倒立だとか祈りだとかを捧げてくれた妹ですが……ふらりと部屋に入ってきて「これで五文字進んだ！」と、お告げをするようになりました。しかし、五文字。五文字では挨拶をしたら終わりです。もうちょっと、その、長く進まないものか……。

それでは。こんなところまで読んでくださった皆様。ありがとうございます。
少しでも楽しんで頂ければ幸いです。

ジュエル文庫をお買い上げいただき、ありがとうございます!
ご意見・ご感想をお待ちしております。

ファンレターの宛先

〒102-8584 東京都千代田区富士見1-8-19
株式会社 KADOKAWA アスキー・メディアワークス ジュエル文庫編集部
「永谷圓さくら先生」「成瀬山吹先生」係

ジュエル文庫
http://jewelbooks.jp/

国王陛下《こくおうへいか》をたぶらかすつもりが(処女《しょじょ》バレして)てのひらで転《ころ》がされました。

2015年12月1日　初版発行

著者　永谷圓さくら

イラスト　成瀬山吹

発行者 ———— 塚田正晃
発行 ———— 株式会社 KADOKAWA
〒102-8177 東京都千代田区富士見2-13-3
プロデュース —— アスキー・メディアワークス
〒102-8584 東京都千代田区富士見1-8-19
03-5216-8377(編集)
03-3238-1854(営業)
装丁 ———— Office Spine
印刷・製本 ——— 株式会社暁印刷

小社ホームページ http://www.kadokawa.co.jp/

Printed in Japan
ISBN 978-4-04-865604-7 C0193

Jewel
ジュエルブックス
新婚
アンソロジー
Anthology of Newlyweds Stories
永谷圓さくら　伊織みな　みかづき紅月　柚原テイル
Illustrators　DUO BRAND.　Ciel
辰巳 仁　早瀬あきら
寝かさないよ、僕の可愛い奥さん♥
激甘警報発令中！　蜜甘カップル♥4組！
大人気作『ただ今、蜜月中!』《新婚編》も収録！

「おや。駄目なのかい？　はしたなく、
こんなに濡らしているのにねぇ」
イリアスの指が、ぬるりと割れ目を撫でる。